4.50

Objectif amour

À Benoît, Fanny, Alexis... et Yako !

Avis aux lecteurs

Vous êtes nombreux à nous écrire
et nous vous en remercions.
Pour être sûrs que votre courrier arrive,
adressez votre correspondance à :

Bayard Éditions Jeunesse
Collection Cœur Grenadine
3 / 5, rue Bayard
75008 Paris.

Cœur Grenadine

Objectif amour

ANOUK JOURNO-DUREY

DEUXIÈME ÉDITION
BAYARD JEUNESSE

BIOGRAPHIE

Anouk Journo-Durey a grandi au sein d'une famille cosmopolite. Peut-être est-ce pour cela qu'elle a toujours aimé les voyages, au sens propre comme figuré : « Écrire, c'est voyager », dit-elle. Pendant longtemps, elle a écrit de la poésie, publiée dans la revue *Filigranes*. Linguiste de formation, elle a traduit de l'anglais de nombreux ouvrages, dont des romans de la collection « Cœur Grenadine ». Elle a également été journaliste à France Culture ; à présent, elle anime des ateliers d'écriture. Maman d'un petit garçon et « belle-maman » d'un adolescent, elle vit en Normandie.

Du même auteur, dans la même collection : *Le choix de Romane,* n° 362.

Loi n° 49-956 du 16 juillet 1949
sur les publications destinées à la jeunesse
Dépôt légal janvier 2007

ISBN 13 : 978 27470 22569

Prologue

Le train avait quitté Paris et filait vers Londres à trois cents kilomètres à l'heure. Et moi, je ruminais trois cents idées noires à la seconde. Pour la première fois de ma vie, je voyageais seule.

Je partais en Angleterre. À contrecœur. Obligée par mes parents, qui estimaient que je devais améliorer mon niveau d'anglais avant d'entrer en classe de seconde : au brevet, mes notes avaient été trop moyennes.

Pour moi, ce voyage était une véritable punition. Pire, une sanction injuste.
Premièrement, « notes moyennes » ne veut pas dire « nulles ». Je ne redoublais quand même pas ma troisième ! Mais mes parents ne s'étaient pas rendu compte que j'avais fait de mon mieux. J'avais eu tant de mal à préparer mon brevet ! Tant de mal à me concentrer ! Pourquoi ? Eh bien, depuis quatre mois, tout était sens dessus dessous à la maison, parce que maman attendait un bébé. Alors, entre la décoration de la future chambre de bébé, les achats d'affaires pour bébé, et les conversations sur bébé, mon brevet, vous comprenez… Ni papa ni maman ne m'avaient aidée à réviser : ils avaient beaucoup trop à faire !
Deuxièmement, ce séjour en Angleterre m'avait été totalement imposé : un beau jour de juillet, maman m'avait appris qu'ils m'enverraient cet été chez des amis anglais, qui vivaient dans la banlieue de Londres. Pour trois semaines ! Sur le moment, j'avais cru à une mauvaise plaisanterie. C'étaient des amis de mon père mais je ne les avais jamais rencontrés ! « Ils ont une fille de ton âge », m'avait annoncé maman, cherchant à me rassurer. Ah oui ? Mais je ne la connaissais pas, cette fille.

Ce n'était même pas une correspondante ! Troisièmement, comme j'allais en Angleterre, je n'irais pas à Venise, chez Mamia, ma grand-mère italienne. Mes parents non plus, mais pour d'autres raisons : du fait de sa grossesse, ma mère devait mener une vie très calme. Ordre du médecin. Ce serait donc un été sans Mamia... Et ça, ça me donnait encore plus le cafard. Chaque année, on passait des vacances de rêve chez elle. Et quand je dis des vacances de rêve, je n'exagère pas ! D'abord, je retrouvais toute une bande de copains et copines. Avec eux, c'était la fête tous les jours. Ensuite, bonheur suprême, Mamia m'offrait des cours de chant particuliers. Elle avait été cantatrice à l'opéra de Paris. Et moi qui adore le chant – je prends des cours deux fois par semaine –, je m'imaginais déjà diva, comme elle. D'autant que Mamia m'assurait que j'étais douée !
Oh, quelle punition, ce voyage !
En plus, ces derniers temps, une crainte terrible m'avait assaillie : et si, en réalité, mes parents avaient préféré m'éloigner pour poursuivre leurs préparatifs avant l'arrivée du bébé, tranquillement, sans moi ? D'accord, je me réjouissais à l'idée d'avoir une petite sœur ou un petit frère. (À ce sujet, on n'en savait tou-

jours rien. Il fallait attendre la prochaine échographie.) Être fille unique, ce n'est pas toujours drôle… Mais, bien sûr, je n'éprouvais pas exactement le même enthousiasme que mes parents. Peut-être parce qu'ils ne cessaient de m'assener des : « Tu es une grande fille, maintenant ! Tu as quatorze ans ! Bientôt quinze ! »

Bientôt quinze ans…

Une boule se forma dans ma gorge. Quand je me regardais dans la glace, je voyais toujours la même fille : grande de taille, oui, mais trop maigre (de partout !), avec de longs cheveux bruns si épais que je ne savais jamais comment les coiffer. Et même si maman affirmait que j'étais une « jolie jeune fille » – d'autant plus jolie que j'avais hérité de ses yeux bleus, soulignait-elle avec fierté –, pour moi, je ressemblais toujours à une gamine !

N'empêche, en disant au revoir à mes parents, je n'avais pas versé une larme. Je les avais embrassés, et marmonné un : « On s'appelle ! » parfaitement détaché. Très adulte. Mais, au fond de moi, tristesse et colère se mêlaient.

Heureusement, grâce à mon téléphone portable, je pourrais rester en contact avec Romane, ma meilleure amie. On s'était promis de s'envoyer des mini-messages. «Lola, ce voyage en Angleterre sera une super expérience ! avait-elle affirmé. L'année dernière, je suis allée dans une famille en Allemagne, tu te souviens ? Je ne l'ai pas regretté ! Et, qui sait, tu rencontreras peut-être quelqu'un… », avait-elle insisté, taquine.

Quelqu'un. Un amoureux, quoi ! Romane était désespérée : à mon âge, je n'avais encore jamais eu de petit copain. Et alors ? Aucun garçon ne m'avait jamais suffisamment plu ! J'étais sûrement trop difficile… ou trop quelconque pour attirer le regard de Roméo ! Mais, pour moi, ce n'était pas un problème…

Étouffant un soupir, je reportai mon attention sur le paysage qui défilait derrière la vitre. Non, à cet instant, mon problème était que je partais en Angleterre, toute seule. Chez des gens que je ne connaissais pas. De nouveau, le même doute m'envahit : et si papa et maman avaient voulu se séparer de moi quelque temps ? Maintenant qu'ils allaient avoir un autre enfant, peut-être, oui, peut-être qu'ils ne m'aimaient plus autant qu'avant. « Tu préférerais avoir une petite sœur ou un petit frère ? » m'avaient-ils demandé au moins cent cinquante fois. Frère ou sœur, moi, je m'en

moquais pas mal. J'aurais voulu que la vie continue comme avant, entre nous trois. Papa, maman et moi, c'est tout.
Bercée par le roulis du train, je fermai les yeux en reniflant. Un goût salé m'envahit la gorge. Mon premier sanglot...

Chapitre 1

Et voilà. Lundi 3 août, 16 h 30, Waterloo Station : plantée au milieu du quai, j'essayai de rassembler mes idées. Dur, dur. Dans le train, je m'étais endormie comme un loir. « Je n'ai même pas vu le passage sous la Manche ! » me dis-je. Bof, ça m'était bien égal. À cet instant précis, je n'avais qu'une envie : faire demi-tour, illico, et rentrer chez moi. Mais je vis apparaître la famille Walter : une femme blonde brandissait un carton sur lequel mon nom était inscrit au feutre rouge : « Lola Dessière ». Un monsieur roux et moustachu l'accompagnait, ainsi que deux jeunes enfants également roux, et une adolescente aux cheveux très blonds coupés court. Impossible de fuir.

Prenant une profonde inspiration, j'attrapai ma grosse valise à roulettes et me dirigeai vers eux :

– Bonjour, je suis Lola.

– *Hello, Le-ou-la !* s'exclama amicalement Mme Walter.

« Lola, pas *Le-ou-la* », pensai-je avec humeur. Nous échangeâmes une poignée de main.

– As-tu fait bon voyage ? s'enquit M. Walter d'un ton chaleureux.

– Oui, merci.

Bon, M. et Mme Walter avaient l'air sympathiques. Et ils parlaient très bien français ! C'était déjà ça ! Ils me présentèrent leurs enfants : Jenny et Steven, âgés de huit ans, et jumeaux.

– Et voici Victoria, compléta Mme Walter en me désignant leur fille aînée. Mais appelle-la Vicky, comme nous.

– *Hello*, Vicky, fis-je dans un anglais timide.

– *Hello*, marmonna-t-elle.

Elle avait les yeux bleus, la même taille que moi, mais semblait plus grande, sans doute parce qu'elle était plus musclée : en jean, T-shirt et baskets, elle affichait une allure incontestablement sportive. « C'est bien ma veine ! » pensai-je. À part la brasse (dans une eau à 28 degrés minimum), et la patinette sur les trottoirs (quand il ne pleut pas), le sport et moi… M. et Mme Walter prirent mes bagages, et on s'éloigna du quai. Tout en marchant, j'adressai un sourire engageant à Vicky, mais elle n'y répondit pas.

– C'est la première fois que tu viens en Angleterre ? s'enquit Mme Walter en anglais.

Miracle, je compris chaque mot !

– *Yes, it's the first time…*

On gagna le parking de la gare, et tout le monde s'installa dans une spacieuse voiture.

– J'ai bien connu ton père, poursuivit M. Walter en démarrant. J'avais commencé mes études pour être pharmacien, et je passais une année à Paris...

– Attention ! l'interrompis-je avec un hoquet. Vous conduisez à gauche !

– Et alors ? répliqua-t-il tranquillement.

– Mais…

Abasourdie, je me rendis compte que toutes

les voitures roulaient à gauche de la route !
– Bien sûr ! fis-je en me tapant le front. On est en Angleterre ! Ma prof d'anglais nous a parlé de la conduite à gauche, mais j'avais oublié.
– Ça va, Lola ? s'enquit Mme Walter. Tu es toute pâle.
– Oui-oui…
Mais non, ça n'allait pas du tout. J'avais l'impression d'avoir atterri dans un monde où tout fonctionnait à l'envers !

***

Durant la demi-heure suivante, je fus si absorbée par ce que je découvrais que j'en oubliai mes premières émotions. Tout me paraissait surprenant : l'eau grisâtre de la Tamise, le ciel aussi gris que le fleuve, le crachin, les bus rouges à deux étages… Rapidement, nous sortîmes de Londres pour rejoindre l'autoroute. Puis on roula dans la campagne anglaise, très verte, sous une fine pluie qui semblait tomber depuis toujours.
– Greenfield, notre village, se trouve à une demi-heure de la capitale, dans le Kent, m'expliqua Mme Walter.
– C'est dans le Sud-Est, poursuivit M. Walter.

– Et c'est le jardin de l'Angleterre ! renchérit sa femme avec fierté.
Le… « jardin » ? En effet, prairies et pâturages se succédaient avec, ici et là, des troupeaux de moutons et de vaches ; puis des vergers et des prés, encore des moutons et des vaches. Plus nous nous éloignions de Londres, plus mon appréhension augmentait. Non, pas ça !
Mais si…
Mes pires craintes se confirmèrent lorsque nous parvînmes à Greenfield : le village se situait au milieu de nulle part.
Greenfield – comprenez « Champ vert » – se composait de quelques rares commerces, dont la pharmacie de M. Walter, de part et d'autre d'une longue rue monotone. Complètement coupé du monde ; définitivement et mortellement ennuyeux. « Papa et maman auraient pu se renseigner ! C'est un trou perdu ! » songeai-je, atterrée. C'était la lointaine, très lointaine banlieue de Londres !
En fille bien élevée, je dissimulai ma déception tandis que M. et Mme Walter me faisaient visiter leur maison. De même, je gardai un sourire poli lors du drôle de goûter qui fut servi à… 18 h 30 ! Au menu : salade de tomates et concombre, sandwiches de pain de mie aux crudités et au

fromage, le tout arrosé de thé. Seuls Jenny et Steven eurent droit à du sirop de fraise, que je leur enviai en silence. Je déteste le thé ! Je me promis de le dire dès que possible. D'autant que, tantôt en anglais, tantôt en français, M. et Mme Walter me suggéraient mille et une choses pour que mon séjour se déroule agréablement. Donc, sans thé pour moi, merci.

– Est-ce qu'il y a un cinéma à Greenfield ? demandai-je à Vicky, qui mangeait en silence.

– *No*, répondit Vicky en me jetant un bref regard.

– Ah... Dommage.

– Oui, dommage.

– Tu, euh... tu connais Paris ?

– *No*.

– Ah... Dommage.

Pas très loquace, Vicky. À moins qu'elle ne soit timide ? Pourtant, je faisais l'effort de parler anglais ! Je tentai une plaisanterie :

– Quel goûter copieux ! Si c'est pareil pour le dîner, je repartirai à Paris avec dix kilos de plus !

Un éclat de rire général accueillit ma remarque.

– *Lola darling*, rassure-toi, nous sommes en train de dîner ! m'informa Mme Walter.

– Quoi ?

Je dus paraître très étonnée, car même Vicky se mit à pouffer. Miracle, j'avais réussi à la dérider ! Sans le faire exprès : j'étais réellement stupéfaite.

– Eh oui ! Ici, on dîne tôt, m'apprit Vicky. Ce n'est pas la même chose, en France ?

– Ça non ! répondis-je. On mange plutôt vers 8-9 heures. Eh bien, je m'habituerai !

« Mais ce sera dur ! » complétai-je dans mon for intérieur en avalant un dernier sandwich.

Après le dîner, Jenny et Steven insistèrent pour me montrer leur chambre. Ensuite, on rejoignit Vicky et ses parents au salon. La télévision était allumée. M. et Mme Walter se tournèrent vers moi avec un grand sourire, mais Vicky garda les yeux rivés sur l'écran.

– Alors, Lola, raconte-nous comment est la vie à Paris ! me demanda Mme Walter.

– Mouvementée… Et sympa, répondis-je machinalement.

Sympa, Vicky, elle, ne l'était pas trop. Elle ne m'adressait pas la parole !

Par politesse, je bavardai encore un moment avec M. et Mme Walter, et les enfants. Mais comme Vicky continuait à m'ignorer, je finis par perdre mon enthousiasme forcé. Malgré moi, je me mis à bâiller à me décrocher la mâchoire.

– Tu es sûrement très fatiguée, remarqua Mme Walter.

– Euh, oui…

– Va te coucher ! suggéra-t-elle. En plus, il y a le décalage horaire : en France, il est…

Elle consulta sa montre :

– 11 heures.

– Oh, ça explique tout ! m'exclamai-je. J'ai tellement sommeil !

Ce n'était pas tout à fait juste, mais ça me permettait de m'éclipser sans vexer mes hôtes. Après avoir souhaité bonne nuit à tout le monde, je gagnai la chambre qui m'avait été attribuée : à l'étage, à côté de celle de Vicky. La pièce était petite, douillette, avec des meubles en rotin et une moquette bleu pâle.

« Au moins, je suis bien installée », pensai-je en examinant les lieux. Puis je regardai par la fenêtre. Je ne vis qu'un jardin détrempé par la pluie, encadré par d'autres jardins détrempés par la pluie. Oh ! je pressentais que j'allais m'ennuyer à mourir. Si seulement Vicky Walter ne s'était pas montrée aussi froide, sans doute aurais-je été plus optimiste ! Mais j'avais l'impression que, pour une raison étrange, elle n'appréciait pas du tout ma présence.

Chapitre 2

Le lendemain, il faisait beau. Chic ! Aussitôt de bonne humeur, je fis ma toilette dans la salle de bains adjacente à ma chambre et m'habillai en fredonnant : jean brodé à fleurs, T-shirt rose, tongs à perles… Avec cette tenue, je me sentais un peu en vacances ! Puis je descendis à la cuisine. Il y flottait une délicieuse odeur de café et de pain grillé qui, fugitivement, me rappela ma maison. Un instant, ma gorge se serra. Papa et maman me manquaient déjà. La veille au soir, ils m'avaient téléphoné, mais je n'avais pas osé leur avouer ce que je ressentais. « Tout va bien, M. et Mme Walter sont très accueillants, et Vicky a l'air très gentille », avais-je affirmé. Hum…

Vicky, Jenny et Steven prenaient leur petit déjeuner. Les cheveux en pétard, Vicky portait un short et un débardeur trop grand. Elle me salua d'un bref signe de tête.

– Bonjour ! lançai-je, aussi enjouée que possible. *Good morning !*

– … *'morning, Le-oula !* répondirent les jumeaux.

– Lo-la. Je m'appelle Lola, pas *Le-oula* ! ne pus-je m'empêcher de corriger.

Jenny et Steven échangèrent un regard, puis articulèrent mon prénom plutôt correctement :

– Lo-la ! Lola…

– Bravo ! fis-je, sincère.

Ils se mirent à rire, et moi aussi. Pour sa part, Vicky esquissa une grimace qui devait s'apparenter à un sourire.

– *Hello,* Vicky, dis-je.

– *What do you want for breakfast ?* me demanda-t-elle sans répondre à mon bonjour.

Son accueil peu chaleureux me déstabilisa quelques secondes.

– Ce que je veux pour le petit déjeuner ?
J'examinai le contenu de leurs assiettes. Œufs au bacon, saucisses, corn-flakes croustillants, toasts, marmelade d'orange… Mon moral remonta aussitôt en flèche.
– Je peux avoir la même chose que vous ?
En fait, je mourais de faim ! Les émotions, ça creuse.

***

Lourde comme un éléphant – au petit déjeuner, j'avais mangé quatre fois trop ! –, je m'apprêtais à gagner le jardin quand Vicky vint à ma rencontre. À présent, elle portait un pantalon, des bottes cavalières, et était coiffée d'une casquette de toile mise à l'envers.
– Je vais au club, annonça-t-elle.
– Au club ? Quel club ?
– *The Horse Club*, m'informa-t-elle d'un ton abrupt. Le centre équestre.
– Ah… Tu fais du cheval ?
– Bien sûr ! répondit-elle, comme si ma question était souverainement stupide. Pas toi ?
– Euh… non. Mais je veux bien t'accompagner !
– O. K. ! fit-elle. On y va à vélo.

Je lui emboîtai le pas jusqu'au garage, où elle me désigna une bicyclette ; elle-même en enfourcha une autre.

– Ce n'est pas loin, déclara-t-elle en me lançant un drôle de regard.

Sur ce, elle me précéda sur la route. Elle pédalait vite, et j'eus du mal à adopter la même cadence.

La maison des Walter se situait dans une impasse perpendiculaire à la rue principale de Greenfield, que nous dévalâmes à bonne allure. À la sortie du village, Vicky bifurqua à gauche et emprunta un sentier qui coupait à travers bois. Le sol était boueux. Très boueux. Or, j'avais gardé mes jolies tongs en perles… En quelques secondes, mes pieds furent maculés de terre. « Elle aurait pu me prévenir ! J'aurais mis des baskets ! » fulminai-je intérieurement.

– Ça va ? me demanda Vicky quelques instants plus tard en me jetant un coup d'œil par-dessus son épaule.

– Oui, très bien, mentis-je avec mon plus beau sourire.

Et je continuai à pédaler en tentant de me salir le moins possible.

Heureusement, nous ne tardâmes pas à arriver

au club hippique. Je n'étais jamais allée dans ce genre d'endroit. Moi, à part les poneys du jardin du Luxembourg, et les chevaux de cirque... Du coup, comment aurais-je pu imaginer que, par terre, ce serait tout crotté ? Et j'étais quasiment pieds nus ! Soudain, je me sentis très, très idiote. Et très, très énervée. Je décochai un regard noir à Vicky. Mais, laissant son vélo à l'entrée, elle se dirigeait déjà d'un pas vif vers les écuries. Sans un mot.

– Trop sympa, la fille ! grommelai-je, posant ma bicyclette à mon tour.

Je m'installai sur un banc, dépitée. « Enfin, les rares fois où Vicky s'adresse à moi, je la comprends. Donc, je ne suis pas si nulle que ça en anglais ! » pensai-je pour me consoler. Puis, avisant mes pieds, je grimaçai. Ils étaient tout sales ; mais pas question de déprimer pour si peu !

Environ un quart d'heure plus tard, Vicky réapparut, menant un cheval blanc par la bride.

– Je te présente Allwhite, me dit-elle de loin avec un sourire.

Tiens, son premier vrai sourire !

– Je vais m'entraîner, ajouta-t-elle en me montrant un manège, à une centaine de mètres. Tu viens ?

– Oui, oui…

Je la suivis, un peu à contrecœur, je l'avoue. Quand même, marcher dans ce mélange de boue séchée et de crottin de cheval, beurk !

Vicky se mit habilement en selle, gagna l'arène et commença à décrire des cercles au trot. Elle ne cessait de flatter l'encolure de son cheval, et j'eus même l'impression qu'elle lui parlait. Ma foi, elle était peut-être plus communicative avec les animaux qu'avec les humains !

Accoudée à la barrière, je regardai Vicky évoluer ainsi pendant un bon moment. Elle galopait, s'arrêtait net, repartait… Une excellente cavalière, Vicky ! Néanmoins, ce spectacle finit par me lasser. « Qu'est-ce que je fais, maintenant ? » me demandai-je, la mort dans l'âme.

C'est alors qu'un jeune homme s'approcha du manège. Il était en jean, bottes d'équitation et T-shirt, et portait un appareil photo en bandoulière. Il me sourit brièvement avant de se tourner vers Vicky.

– *Hello, Vicky !* s'exclama-t-il d'une voix chaude.

Intriguée, je l'observai à la dérobée. Grand, mince, il avait d'épais cheveux noirs qui bouclaient sur la nuque, et le teint hâlé comme s'il passait ses journées au soleil. En fait, il avait l'air espagnol, ou italien. Et il semblait totalement fasciné par Vicky. D'ailleurs, il se mit à la photographier avec un plaisir évident. Et avec l'adresse de quelqu'un qui n'était pas un amateur. J'avais suffisamment vu mon père journaliste à l'œuvre pour reconnaître les gestes d'un pro.

Cédant à la curiosité, je lui demandai en bafouillant un peu :

– *You*... euh... *photographer ?*

Le jeune homme me jeta un coup d'œil perçant :

– Ah ! C'est donc toi, la Française ?

Surprise, j'acquiesçai d'un signe de tête :

– Comment tu sais que...

Une lueur amusée pétilla dans ses yeux. Des yeux couleur chocolat, frangés de longs cils noirs.

– Vicky m'avait prévenu de ton arrivée, m'apprit-il dans un français impeccable.

Au même instant, Vicky nous rejoignit. Son cheval s'ébroua tandis qu'elle échangeait quelques mots en anglais avec le jeune homme. Je ne compris rien – ils discutaient trop vite ! –, mais je devinai qu'ils se connaissaient bien. Plus que bien... Ils se regardaient avec complicité en se souriant comme s'ils étaient seuls au monde. «Ils sont amoureux», conclus-je en les contemplant discrètement. Eh bien! Avec son allure de garçon manqué, Vicky avait décroché le gros lot! Son copain était très beau... Une drôle de sensation m'envahit alors, quelque chose que je n'avais encore jamais éprouvé, comme une pointe de jalousie.

– *Jim, this is Lola*, déclara Vicky. Lola, Jim.

Je souris au jeune homme:

– Salut, Jim. Tu parles très bien français!

– Il le parle même couramment, intervint Vicky. Mais pas assez souvent à son goût D'ailleurs, attention, Lola: avec toi, il risque d'en profiter!

Sur ce, elle repartit vers le centre du manège. Jim se détourna pour la photographier de nouveau. Hé, j'aurais bien aimé savoir de quoi il profiterait, et pourquoi il la prenait ainsi en photo! Et, d'abord, était-il photographe? Tout à l'heure, il ne m'avait pas répondu…

Non sans impatience, je guettai le moment où je pourrais l'interroger. Cinq, dix, quinze minutes s'écoulèrent. Puis je finis par me rendre à l'évidence: inutile d'attendre, Jim n'avait d'yeux que pour Vicky. Je haussai légè-

rement les épaules et tournai les talons.
– *Bye, bye !* lançai-je, résignée à continuer de m'ennuyer.
– Un instant ! m'appela Jim.
Étonnée, je m'arrêtai :
– Oui ?
– Ne bouge pas…
À la vitesse de l'éclair, il braqua son objectif sur mes pieds. J'entendis le déclic de son appareil.
– *Thanks !* dit-il en levant le pouce comme s'il venait d'accomplir quelque chose d'exceptionnel.
Interdite, je baissai les yeux, examinai mes tongs en perles, mes orteils couverts de boue. Quoi ? C'était *ça* qu'il avait photographié ? Non, mais je rêvais ! De très mauvais goût, le gag !

Chapitre 3

J'attendis Vicky une heure environ, assise à l'entrée du club. De loin, je voyais Jim la photographier encore et encore. Puis il lui envoya un baiser du bout des doigts et s'en alla. En partant, il me fit un signe amical. Trop aimable !

Durant le trajet de retour, j'aurais bien aimé bavarder avec Vicky, mais ce ne fut pas possible : elle gardait une telle distance… dans tous les sens du terme ! Elle pédalait à toute allure, encore plus vite qu'à l'aller ! Au moins, elle avait la pêche… Pas moi. La moquerie de son petit ami me laissait amère. Jamais je ne m'étais sentie aussi ridicule. Ni aussi seule.

Dès que nous fûmes chez Vicky, je me précipitai dans la salle de bains pour me laver les pieds. Après quoi, je gagnai ma chambre et allumai mon téléphone portable. Heureusement, Romane et mes parents m'avaient envoyé un message. Je fis défiler le texte sur l'écran de l'appareil :

« **Qwade9 ?** » me demandait Romane.

« **Ma chérie, tout va bien ?** » interrogeaient mes parents.

Je rédigeai une réponse groupée :

« **Palemoraldutout.** »

Malgré cela, pendant le déjeuner, je m'efforçai de faire comme si tout allait bien. Je discutai avec M. et Mme Walter – en anglais, s'il vous plaît ! –, avec Jenny, Steven… Mais très peu avec Vicky. Elle se comportait de nouveau comme si j'avais été invisible. Sitôt son dessert terminé, elle se leva de table et annonça qu'elle repartait au centre équestre. Sans doute y retrouverait-elle Jim.

– À ce soir ! lança-t-elle en évitant mon regard.

De mieux en mieux !

Mon désarroi devait se voir comme le nez au milieu de la figure, car Mme Walter me demanda, l'air désolée :

– Tu sais que Vicky prépare une importante compétition hippique ?

– Une... compétition ? Mais non !

– Ah bon ? s'étonna Mme Walter. Je pensais l'avoir dit à tes parents. Les épreuves ont lieu dans deux semaines, et ces derniers temps Vicky s'entraîne plusieurs heures par jour. Elle est préoccupée, et sûrement un peu nerveuse.

Je restai bouche bée. Un peu nerveuse, Vicky ? Cent pour cent stressée, oui ! Et pas du tout disponible pour moi. Normal ! Le pire, c'est que je ne montais même pas à cheval. J'en voulus encore plus à mes parents de m'avoir envoyée dans cette famille.

Cette deuxième journée s'écoula avec une lenteur exaspérante. Je visitai le village avec Jenny et Steven. Il n'y avait pas grand-chose à voir : l'église, la mairie, le terrain de cricket, et les quelques commerces de la grand-rue : une supérette, un studio de photographe – la seule boutique intéressante, hélas fermée ! –, la pharmacie de M. Walter, une librairie-papeterie-poste-bureau de tabac, deux « pubs »... Mortel.

Un peu plus tard, mes parents me téléphonè-

rent, inquiets de ma réponse à leur message.
– Mais tu t'entends bien avec Victoria ? demanda ma mère.
– Pas trop, avouai-je.
– Allons, ne te décourage pas ! intervint mon père. Il faut un temps d'adaptation ! Les Walter sont de vieux amis, et…
– Vicky et moi, on n'a rien en commun, c'est tout ! l'interrompis-je avec colère. Et vous ne saviez pas qu'elle prépare un concours d'équitation ? En ce moment, il n'y a que ça qui compte pour elle !
Un silence s'établit au bout de la ligne.
– En effet, Mme Walter nous en a parlé, admit papa. Mais… où est le problème ?
Baissant la voix, j'expliquai ce qui se passait. Un peu embarrassé, mon père me conseilla de faire preuve de patience. Merci ! Puis maman reprit le combiné :
– Écoute, Lola chérie, si ça ne va pas, tu reviens. Mais sache qu'en organisant ce séjour, on a pensé à ton bien ! À l'expérience que ça va t'apporter ! On t'aime… Tu nous manques !
– Vous aussi, vous me manquez, murmurai-je, au bord des larmes. Mais, franchement, vous auriez pu vous renseigner. Vicky est tout le temps occupée, et il n'y a rien à faire à

Greenfield. C'est génial, quoi !
Mes parents me promirent que, si la situation ne s'améliorait pas, je pourrais rentrer plus tôt à Paris. Ouf ! Puis ils m'annoncèrent la nouvelle : à la dernière échographie, ils avaient appris que maman attendait une fille. J'aurais une petite sœur… Ça me remonta quand même le moral. Un peu.

***

À la fin de la première semaine, c'est tout juste si je ne marquais pas chaque jour d'une croix, comme si j'étais en prison. Non seulement Vicky et moi, nous n'avions pas sympathisé, non seulement je me morfondais dans mon coin, mais, en plus, il pleuvait. Et il pleuvait. Et il faisait froid. Et humide. Bref, c'était l'automne au mois d'août. Mais cela n'empêchait pas Vicky de disparaître des heures entières au club d'équitation.
Sans moi, bien sûr.
Plutôt que de renouveler mon expérience désastreuse de la première fois, je préférais regarder la télévision, ou jouer au Monopoly avec Jenny et Steven. Au moins, je progressais en anglais !

Mme Walter – institutrice, et en vacances à ce moment-là – se trouvait finalement plus souvent à la maison que sa fille aînée. Elle dut bien constater que Vicky et moi n'étions jamais ensemble.

– Lola, *my dear*, comment vas-tu ? me demanda-t-elle d'un air soucieux le samedi matin.

Son petit déjeuner terminé, Vicky avait filé au centre équestre. Comme la veille, et l'avant-veille…

– Pas très bien, avouai-je avec franchise. Je ne monte pas à cheval, et Vicky…

Je m'interrompis, gênée. Mme Walter me sourit avec indulgence :

– Je comprends, tu sais. Sincèrement, je ne pensais pas que Vicky serait aussi accaparée par le concours qu'elle prépare.

Pour me changer les idées, elle m'emmena à Easthampon, la ville la plus proche. Enfin, une ville, comparée à Greenfield ! Vu le mauvais temps, et n'ayant emporté que des vêtements d'été, j'en profitai pour acheter des bottes en caoutchouc, un ciré et un chandail. Vive les vacances en Angleterre ! Mais, au moins, j'étais prête à affronter les intempéries du pays…

Cet après-midi-là, courageusement, je partis me promener dans Greenfield. Toute seule. Un fin crachin tombait, mais je n'y prêtais pas attention. « Je ne vais jamais tenir encore deux semaines ici ! » ne cessai-je de me répéter. Je craquais déjà, malgré la gentillesse de Mme Walter.

Assaillie d'idées moroses, je marchais sans regarder où j'allais quand une voix masculine m'interpella en français :

– Salut, Lola !

Tournant la tête, j'aperçus un jeune homme sur le seuil du studio de photographe que j'avais remarqué l'autre jour. Mon cœur fit un bond dans ma poitrine : c'était l'ami de Vicky. Et il s'était rappelé mon nom ! Mais, moi aussi, je me souvenais du sien.

– Salut, Jim, fis-je en m'approchant.

Il m'adressa un sourire qui me fit chaud au cœur :

– Ça va ?

– Pas trop mal, oui…

Jim me scruta étrangement. Étaient-ce ses cils épais et sombres qui lui donnaient une expression aussi intense ? J'avais la sensation de ne plus pouvoir détacher mon regard du sien.

– Tu es toute seule ?

– Vicky est à son club, expliquai-je après une brève hésitation.
– Évidemment. Et tu ne montes pas à cheval ?
– Non.
– Dommage !
Une lueur admirative se refléta dans les yeux de Jim :
– Tu sais, Vicky est une championne. Elle s'entraîne pour une compétition très difficile, et…
À ce moment-là, un homme arriva. S'interrompant, Jim le salua puis le suivit dans le magasin. D'un signe amical, il m'invita à entrer :
– Tu as cinq minutes ?
– *Of course…*
Jim contourna le comptoir de la boutique. Il travaillait donc là ? Dans ce cas, je ne m'étais pas trompée : il devait être photographe !
Tandis que Jim s'occupait de son client, j'observai les rayonnages emplis de pellicules et de matériel divers. De vieux appareils photo étaient exposés dans une vitrine, de même que quelques photos encadrées. Soudain, j'écarquillai les yeux : parmi ces clichés, il y en avait un – un gros plan en noir et blanc –, qui représentait des pieds féminins chaussés de tongs, maculés de boue.

– Mais… ce sont mes pieds ! soufflai-je, abasourdie.
Stupéfaite, je regardai Jim. Il me lança un clin d'œil, puis acheva de servir son client.
– Je te dois une explication, je sais, déclara-t-il dès que nous fûmes de nouveau seuls. En ce moment, je prépare un concours…
– Sans blague ! Toi aussi ?
– Moi, mon domaine, c'est la photo, s'esclaffa-t-il, comprenant l'allusion.
– Oh, je ne m'en serais pas doutée, ironisai-je. Et…
Je lui désignai la photo de mes pieds :
– Tu trouves que ça, c'est digne d'un concours ? Tu trouves que c'est – comment dit-on ? – photogénique ?
Jim se mit à rire :
– Ce n'est pas ce qui est photogénique qui m'intéresse, mais ce qui est original. Et, l'autre jour, avec tes petites chaussures de plage, tu étais plutôt très originale !
Sceptique, je le dévisageai en silence. Il plaisantait ? Apparemment pas.
– Moi, je me suis sentie plutôt très bête, marmonnai-je. Mais tout est une question de point de vue… C'est ce que ma mère répète toujours.

– Ah bon?
– Oui, elle est illustratrice. Elle aussi, elle aime ce qui est bizarroïde. Elle adore dessiner des caricatures, par exemple.
Jim me considéra avec une attention singulière :
– J'ai dit que je m'intéresse à ce qui est original, pas bizarroïde ! Original, vivant…
– Comme, par exemple, Vicky en train de monter à cheval ?
– Pas vraiment. Les photos que je prends de Vicky sont destinées à son entraîneur et à sa famille. Mais, pour mon concours, je cherche des sujets qui sortent réellement de l'ordinaire.
L'air pensif, il ajouta :
– Si je gagne ce concours, j'obtiendrai une bourse pour étudier dans une des meilleures écoles d'art de Londres. Le problème, c'est que je ne sais plus trop quoi photographier. À moins que ce ne soit parce que je manque de temps…
– Tu… tu travailles ici tous les jours ? demandai-je, touchée par ces confidences.
Au fond, il était très sympa. Étonnant, mais sympa.
– Oui. Pendant l'été, précisa Jim. La boutique appartient à mon oncle Matt. En ce moment,

il organise un safari photos au Kenya, le veinard !

Il hocha la tête en souriant de nouveau :

– En tout cas, je suis content de bavarder avec toi. Ça ne t'ennuie pas qu'on parle français ? J'en profite…

Je me remémorai soudain les paroles de Vicky : « Attention, avec toi, il va en profiter ! » C'était donc à cela qu'elle faisait allusion !

– Pas de problème, répondis-je en riant. Je sais que je suis ici pour progresser en anglais, mais je suis un peu flemmarde… Cela dit, je trouve que ton français est parfait ! Tu n'as même pas une pointe d'accent.

Jim haussa les épaules :

– Merci. Mais je n'ai aucun mérite.

– Pourquoi ?

– Parce que… Oh, ce n'est pas important, murmura-t-il.

Pourtant, à son expression, je sentis que c'était exactement le contraire. Pourquoi ? Je ravalai ma question, ne voulant pas être indiscrète.

– Donc, si tu gagnes ton concours, tu auras une bourse d'études ?

En anglais ou en chinois, j'avais envie de continuer à discuter avec lui ! Au moins, on avait des choses à se dire. Et j'aimais bien son côté un peu excentrique. En plus, Jim était si beau… «Rappelle-toi qu'il est le copain de Vicky!» me nargua alors une voix intérieure. Oh, je ne risquais pas de l'oublier!

Chapitre 4

– Oui, maman, ça va mieux. Ne t'inquiète pas. Je t'embrasse très fort !

En soupirant, je coupai la communication. Je n'avais pas expliqué à mes parents pourquoi, tout à coup, j'avais retrouvé le moral. C'était trop difficile à raconter… Trop personnel.

En fait, depuis trois jours, dès qu'il ne pleuvait plus – ou pas trop ! –, je sillonnais Greenfield et le voisinage à vélo. Ravie de me voir soudain si enthousiaste, Mme Walter avait suggéré

que Jenny et Steven m'accompagnent. J'avais accepté une fois, mais pas deux... Quand ils étaient loin de leur mère, les jumeaux ne cessaient de se chamailler. Or, j'avais besoin d'être tranquille pour mieux regarder autour de moi, au cas où...
Au cas où je découvrirais quelque chose d'original, d'insolite, digne d'être photographié... Jim manquait de temps pour préparer son concours ? Eh bien, moi, j'en avais à revendre ! Alors, sans rien lui dire, je m'étais mis en tête de l'aider. Dans un sens, j'avais l'habitude de ce genre de défi : parfois, lorsque ma mère était en panne d'inspiration pour dessiner, je lui cherchais des idées. Et souvent, coup de bol, j'en trouvais. Alors peut-être que, cette fois aussi... En tout cas, je me sentais drôlement motivée. Je n'avais confié à personne le motif de mes longues balades. J'aimais m'imaginer en mission secrète !
Mais, au bout de trois jours de pérégrinations, je n'avais toujours rien déniché d'intéressant. Rien en dehors des gargouilles de l'église de Greenfield : des espèces de têtes de dragons joufflus, monstrueusement comiques. Bien sûr, mes escapades intriguaient Vicky. Lorsqu'on se retrouvait aux repas, elle me lan-

çait des regards interrogateurs. Mais quand je lui souriais, prête à engager la conversation, elle se détournait. Bizarre ! Du coup, je ne lui avais pas dit que j'avais revu Jim. De toute manière, elle le savait probablement.

Le mercredi après-midi, je décidai de m'éloigner un peu plus de Greenfield. Un pâle soleil filtrait à travers les nuages, et une brise tiède, presque estivale, soufflait. Finalement, rouler sur des petites routes campagnardes possède un certain charme. Ce n'est pas comparable à une descente des Champs-Élysées en patinette, mais c'est mieux que de rester scotchée devant la télé !

Pédalant avec entrain, je parvins à un village qui s'appelait Hamlet. Comme le héros de la pièce de Shakespeare ! Plus tard, j'appris que le mot signifie aussi « hameau ». Tout juste : Hamlet se résumait à deux ou trois fermes, et cinq ou six maisons. Alors que je traversais le village, deux gros chiens me regardèrent comme si j'avais été Alien, et se mirent à gronder. *Help !* J'accélérai de toutes mes forces…

Tout à coup, un éclat lumineux à droite attira mon regard. Tournant la tête, je vis un halo de soleil étrangement intense qui entourait la cime de hauts peupliers. Intriguée, je ralentis… et distinguai alors, un peu plus loin, derrière ces arbres, une imposante bâtisse : une sorte de vieux manoir entièrement recouvert d'une verdure touffue et dégoulinante comme des spaghettis géants…

– Je rêve ? murmurai-je en freinant brutalement.

Pendant un long moment, je scrutai cette maison qui semblait tout droit sortie d'un film fantastique : enchevêtré à des lianes, un épais feuillage – probablement du lierre –, dissimulait sa façade tout entière, même les fenêtres ! Incroyable ! Si je n'avais pas été seule, j'aurais été jeter un coup d'œil à l'intérieur…

Fascinée, je contemplai la maison encore quelques instants, puis fis demi-tour et empruntai joyeusement le chemin du retour. « Je suis sûre que Jim trouvera cet endroit génial. Génial et vraiment original ! » pensai-je en pédalant. Pour la première fois depuis des jours et des jours, j'eus envie de chanter.

– LAA-LEEE-LIII…

J'entonnai des vocalises à gorge déployée. J'étais si contente ! Tellement contente de pouvoir – du moins, je l'espérais… – aider Jim. Pas une seule seconde, il ne me vint à l'esprit

qu'il connaissait peut-être ce lieu extraordinaire. Au contraire, j'avais l'intime conviction qu'il ne l'avait jamais vu. Il était si bien caché ! Moi-même, je ne l'avais remarqué que grâce aux rayons du soleil qui m'avaient éblouie…
Ce ne fut que lorsque la voiture déboucha juste en face de moi que je me rendis compte que je roulais à droite de la route, comme en France. Un coup de klaxon retentit. Poussant un cri, je tentai de me rabattre sur la gauche, mais je dérapai.
La voiture pila dans un horrible grincement de freins… et moi, je valsai sur l'asphalte.

***

– *Lola, are you all right?* Ça va ? s'assura Mme Walter pour la dixième fois en moins d'une heure.
Nous étions dans la salle de bains. Les traits crispés, elle achevait de me bander le poignet droit.
– Mais oui ! répétai-je en m'efforçant de sourire. J'ai eu plus de peur que de mal !
Très peur quand même… Mon escapade à vélo s'était terminée en catastrophe ! Après s'être assuré que je ne souffrais que de quelques

égratignures sans gravité, l'automobiliste m'avait ramenée à Greenfield. La bicyclette avait été glissée dans le coffre ; une des jantes était tordue ; rien de grave.

– Tu avais oublié qu'ici, on conduit à gauche ! soupira Mme Walter. Évidemment…

– Ça ne risque plus de m'arriver, affirmai-je, penaude.

Tout ça parce que j'avais été trop distraite… Trop contente d'avoir découvert cette maison ! En y repensant, je sentis mon cœur battre plus vite. J'avais hâte d'en parler à Jim !

– Quelle heure est-il, s'il vous plaît ? demandai-je.

– Bientôt 5 heures. Vicky ne devrait pas tarder. Tant mieux. Il faut que je discute avec elle, conclut Mme Walter, soucieuse.

« Et moi, il faut que je voie Jim », me dis-je.

– Madame Walter, j'aimerais aller acheter quelque chose au village.

– Est-ce urgent ? *Darling*, tu ferais mieux de te reposer.

J'hésitai. Insister aurait été mal venu… Et je ne pouvais décemment pas avouer que je souhaitais retrouver Jim.

– Vous avez raison, murmurai-je, résignée. Ça peut attendre.

On gagna le salon, où Jenny et Steven regardaient la télévision. Leur mère leur fit baisser le son.
– Qu'est-ce qui t'est arrivé ? s'enquirent les jumeaux d'une seule voix en fixant mon bandage.
– Je suis tombée de vélo, expliquai-je.
– Je vais préparer du thé, annonça Mme Walter.
Tandis qu'elle se dirigeait vers la cuisine, je chuchotai à l'adresse de Jenny et Steven :
– Je déteste le thé !
– *Really ?* Maman, Lola n'aime pas le thé ! annonça Jenny à tue-tête, comme s'il s'était agi d'un sacrilège.
Je ne pus retenir un éclat de rire. Je l'avais choquée ! En Angleterre, on se doit d'apprécier le breuvage national : c'est écrit dans tous les manuels…
Peu de temps après, Vicky pénétra dans la pièce, sa bombe d'équitation à la main. Elle avait les joues roses, les yeux brillants.
– *Hello !* lança-t-elle en embrassant affectueusement son frère et sa sœur.
Au moins, avec eux, elle était gentille !
– Tu as l'air en forme, observai-je. L'entraînement se passe bien ?

– À la perfection, assura-t-elle en s'affalant sur un fauteuil. *Mum*, il y a du thé ? Qu'est-ce que tu as au poignet ? enchaîna-t-elle en me jetant un bref regard.
– Elle est tombée de vélo, répondit Jenny à ma place.
– Oh…
Mme Walter nous rejoignit, apportant un plateau garni de biscuits, chocolat, thé et orangeade.
– Lola, je ne t'offre plus de thé, c'est bien ça ? dit-elle, l'air amusé.
– Non, merci…
À ce moment-là, le téléphone sonna. Jenny décrocha.
– Lola, *it's your Mum*.
Je pris le combiné et sortis de la pièce.
– Allô, maman ?
Ça me faisait drôlement plaisir de l'entendre ! Je lui décrivis avec enthousiasme l'incroyable maison que j'avais découverte.
– Photographie-la, suggéra ma mère. As-tu acheté un appareil jetable, comme on l'avait dit ?
– Non, mais j'ai une meilleure solution. À part ça, comment va le bébé ?
– Il grandit et grossit ! répondit maman en

riant. Je serai énorme quand tu reviendras !

On bavarda encore quelques instants. Après avoir raccroché, je m'apprêtais à retourner dans le salon quand j'entendis Mme Walter déclarer à sa fille d'un ton sec :

– Victoria, je ne suis pas contente. Aujourd'hui, Lola a eu un accident…

Je me figeai dans le couloir.

– … un accident qui ne se serait pas produit si tu étais un peu plus présente, poursuivait Mme Walter. Tu passes tes journées au club !

– *Mum*, tu savais que ce serait comme ça avant de l'inviter ! protesta Vicky. Je dois m'entraîner ! La compétition a lieu dans quatre jours !

Elles se turent quelques instants.

– Vicky, je veux que tu consacres un peu de temps à Lola, reprit Mme Walter. Par exemple, tu pourrais aller à Londres avec elle, visiter un musée…

– Je déteste les musées, marmonna Vicky.

– Oui, eh bien, tu feras un effort, déclara sévèrement sa mère. Je vous emmènerai en voiture demain. Voilà, c'est décidé.

– En voiture ? Demain ? Et tu resteras avec nous ? demanda Vicky d'un ton aigre.

– Je vous déposerai, et je reviendrai vous

chercher, proposa sa mère.

Mal à l'aise, je choisis ce moment pour pénétrer dans la pièce. Vicky me lança un regard froid. Se doutait-elle que j'avais entendu le sermon que sa mère venait de lui faire ?

– Ça va ? lançai-je, mine de rien.

Vicky m'adressa un semblant de sourire :

– Ça ira mieux dans quatre jours. Après la compétition.

– C'est dans quatre jours ? demandai-je innocemment.

– Eh oui. Au fait, demain, on ira à Londres, m'apprit-elle d'un air indifférent.

– Super ! Ça te changera les idées…

– Je n'ai pas besoin de me changer les idées, rétorqua Vicky.

Puis elle se tourna vers sa mère :

– *Mum*, c'est toujours d'accord pour vendredi soir ?

– Bien sûr. Nous te laisserons la maison, comme convenu, dit Mme Walter. Lola, tu sais que Vicky fête ses seize ans vendredi soir ?

Je secouai la tête. Comment l'aurais-je su ? Mais c'était enfin une bonne nouvelle !

– Eh bien, ce vendredi, Vicky organise une soirée, continua Mme Walter.

– Jenny et Steven seront là ? l'interrompit Vicky.

– Non, *darling*, comme promis, ton frère et ta sœur viendront avec nous. Ne t'inquiète pas, tu auras le champ libre !

Je ne pus m'empêcher d'admirer la patience que Mme Walter témoignait à sa fille.

– Moi, pour mes quatorze ans, commençai-je, j'ai fait ma première boum et…

Vicky me jeta un tel coup d'œil que je me tus aussitôt. Elle avait eu un air si dédaigneux ! À ses yeux, je n'étais sans doute qu'une gamine archinulle.

Chapitre 5

« SuisalléeàLondres.
JéunKDOpourtoa.
10000bisous.»

J'appuyai sur la touche « O. K. » de mon téléphone pour envoyer le message à Romane, et en rédigeai un autre à l'attention de mes parents. Après quoi, je m'allongeai sur le lit, et défis le bandage autour de mon poignet. Je n'avais plus mal. C'était déjà ça ! Car cette escapade à

Londres avait achevé de me démoraliser.
Enfin, c'était surtout Vicky qui m'avait démoralisée. Elle avait à peine desserré les dents de toute la journée. Nous avions visité le musée du rock'n roll, déjeuné dans un endroit très sympa près d'Oxford Street, l'une des plus belles avenues de la capitale... Moi, bien sûr, j'étais ravie ! Je retrouvais enfin la civilisation ! En compagnie, hélas, d'une fille aussi aimable qu'un chardon. Assez vite, j'avais proposé que l'on rejoigne Mme Walter, qui nous attendait patiemment au salon de thé du grand magasin *Harrod's*. Je ne supportais plus Mlle Vicky de la Porte-de-Prison !
N'empêche, je ne suis pas rancunière. Pendant que Vicky buvait un thé avec sa mère, je m'étais éclipsée pour lui trouver un cadeau d'anniversaire : un joli foulard de mousseline rose. Malgré tout, j'espérais toujours qu'entre elle et moi la glace finirait par se rompre. La soirée de vendredi serait peut-être l'occasion...
À moins que Vicky n'ait pas envie qu'on soit amies ? Auquel cas, il n'y aurait qu'une seule explication : je la gênais. Je la dérangeais. Pourtant, je restais discrète ! On n'avait presque rien fait ensemble, à part aller à Londres, et...
Brusquement, je me souvins de ma première

sortie avec Vicky, au club hippique, de ma rencontre avec Jim, de la sympathie immédiate que le jeune homme m'avait témoignée. Et si c'était à cause de *ça* que Vicky ne m'appréciait pas ? Mais non ! Impossible. D'abord, Jim était amoureux d'elle ; ensuite, Vicky se montrait aussi fermée à mon égard depuis mon arrivée. Donc, avant ma rencontre avec son petit ami…

En soupirant, je me redressai et pris mon baladeur. Je mis un disque de Manu Chao et, avant de m'étendre de nouveau, jetai un coup d'œil sur le cadeau que je destinais à Romane : du maquillage de toutes les couleurs, pailleté. Elle adorerait ! Comme ma meilleure amie me manquait ! Mes parents aussi. Soudain, j'eus hâte, mais hâte, d'être chez moi ! Des larmes me montèrent aux yeux. Je me sentais tellement seule…

« Si ça ne s'arrange pas avec Vicky dans les deux ou trois jours, je rentre à Paris », me promis-je. Finalement, il n'y avait ici qu'une seule personne avec qui j'avais des atomes crochus : Jim. Mais Jim, lui, ne s'intéressait pas à moi. Alors, *ciao* !

***

– Nous reviendrons vers minuit, déclara Mme Walter. Amusez-vous bien ! Et soyez sages.

Le vendredi, en fin d'après-midi, comme prévu, M. et Mme Walter s'en allèrent, emmenant Jenny et Steven. Vicky disposait donc de toute la maison pour recevoir ses amis. Sympa ! Pour l'occasion, elle avait soigné son apparence : elle portait un jean blanc, une tunique mauve, et même un soupçon de maquillage.

– Tu es super ! la complimentai-je, sincère.

– Toi aussi, marmonna-t-elle en m'enveloppant d'un regard critique.

J'avais mis une robe à fleurs, et noué mes cheveux en une queue de cheval très haute ; une des rares coiffures que je suis capable de faire.

– Tu veux que je te prête un collier ? proposai-je.

– Je déteste les bijoux.

– Ah bon…

Je lui emboîtai le pas jusqu'au salon, où était dressé un buffet copieusement garni : jus de fruits, sodas, chips, petits fours, gâteaux, bonbons…

– Tu as invité beaucoup de monde ?

Elle ne répondit pas.

– Et, euh… Qu'est-ce que ça te fait d'avoir seize ans ?

– Rien.

– C'est vrai ? Moi, j'en aurai quinze dans deux mois, et…

Je m'interrompis : sans écouter ce que j'avais à lui dire, Vicky quittait la pièce. Carrément ! Mortifiée, je sortis dans le jardin. Le ciel était couvert, mais il ne faisait pas froid. Quelques rayons de soleil perçaient même la couche de nuages. D'habitude, il n'en fallait pas plus pour me mettre du baume au cœur, mais là, l'attitude de Vicky m'exaspérait trop. « Bon, ce soir, je vais peut-être rencontrer des gens intéressants », songeai-je, pleine d'espoir. Puis je pensai à Jim. Il serait sûrement là, lui aussi. À cette idée, mon pouls s'accéléra. J'étais impatiente de le revoir, de lui parler de la maison…

Les invités débarquèrent tous ensemble dès 18 heures : une quinzaine d'adolescents – garçons et filles, membres du club d'équitation de Vicky. Après être restée dans mon coin un bon moment, je mis le disque de Manu Chao que j'avais apporté. Puis, un verre de diabolo-menthe à la main, je commençai à danser… et fus aussitôt imitée par tout le monde. Sauf Vicky.

– *Come on !* Allez ! lui lançai-je.

Vicky m'ignora. Quelle peste !

Bientôt, la fête battit son plein. Tout en dansant, je discutai avec plusieurs personnes. En fait, on venait spontanément vers moi pour me poser des questions sur la France, sur Paris... Du coup, je ne m'ennuyais pas. Mais j'espérais quand même que Jim ne tarderait pas trop. Régulièrement, je me surprenais à fixer la porte d'entrée...

Enfin, il arriva. Tard, un énorme cadeau dans les bras. Mon cœur se mit à battre très fort. Tout de blanc vêtu, il me semblait encore plus beau... Il se distinguait vraiment des autres garçons.

Souriante, les joues soudain rosies, Vicky s'avança vers lui, comme hypnotisée. L'amour la transfigurait. « Un jour, moi aussi, j'aurai un amoureux. Un jour... », me promis-je, la gorge étrangement nouée.

Jim déposa un baiser sur la joue de Vicky, salua plusieurs copains, puis s'adressa à moi :

– *Hello !* Comment va notre exilée ?

– Très bien ! répondis-je en riant.

Comme Jim se tournait de nouveau vers Vicky, je dus me forcer pour continuer à danser avec le même entrain. Quand pourrais-je lui parler de la maison ? Vicky l'accaparerait tout le temps !

À cet instant, on baissa les lumières, et quelqu'un apporta un gigantesque gâteau surmonté de seize bougies pétillant comme des feux d'artifice :

– HAPPY BIRTHDAY, Vicky !

Vicky souffla les bougies. Jim prit des photos tandis qu'un garçon jouait à la guitare les premiers accords de « Happy Birthday to you ». Alors, spontanément, j'entonnai cet air de fête. Moi, dès qu'il y a de la musique... Le guitariste me sourit. Encouragée, je chantai un peu plus fort. Autour de nous, les invités frappèrent dans leurs mains, en rythme. Waouh ! Soudain grisée – j'adore chanter ! –, je lançai quelques trémolos exagérés, genre opérette, gestes à l'appui pour inciter les autres à m'accompagner. Il y eut quelques éclats de rire, puis, peu à peu, on improvisa en chœur sur le thème de « Joyeux anniversaire, Vicky ! ». La fin de la chanson fut couronnée de joyeux applaudissements.

– *Great !* s'exclama le garçon en posant sa guitare. Qu'est-ce que tu chantes bien ! ajouta-t-il à mon attention.

Je rougis de plaisir.

– Lola, je te présente mon frère, Jeff. Lola est une amie française de Vicky, intervint Jim.

– *Hello !* fis-je gaiement.

Jeff ne ressemblait pas du tout à Jim. Il était

moins grand, presque aussi blond que Vicky, avec les yeux d'un bleu profond… Mignon, mais pas autant que Jim !

– Tu veux boire quelque chose ? me demanda Jim.

– Oui. Un Coca, s'il te plaît.

Alors que je le suivais jusqu'au buffet, je croisai par hasard le regard de Vicky. Elle me contemplait d'un drôle d'air, avec froideur et… Un frisson désagréable m'envahit. En réalité, dans ses yeux, je lisais de la jalousie ! Oui, de la jalousie. Mal à l'aise, j'acceptai le verre que Jim me tendait. On trinqua. Comme Jim me regardait, mon cœur s'affola… À ce moment-là, les enceintes diffusèrent un slow. Je souris à Jim… Il me sourit également ; puis, à ma grande surprise, se dirigea vers Vicky.

– Tu danses ? me demanda Jeff.

Dissimulant tant bien que mal ma déception, je me tournai vers lui :

– Oui…

Je me glissai entre ses bras ; je dus faire un gros effort pour ignorer Jim et Vicky, qui dansaient joue contre joue. Et je ne répondis que par monosyllabes aux questions que Jeff me posait :

– Oui, Paris, c'est bien… Oui, j'y ai toujours vécu…

À la fin du morceau de musique, j'échangeai encore quelques mots avec Jeff avant de m'éloigner. Bien que j'aie sympathisé avec pas mal de personnes, même si Jeff était très sympa, je me sentais seule…
Peu de temps après, ce fut l'heure des cadeaux : une montagne de paquets furent apportés… dans une brouette ! Pendant que Vicky les déballait, Jim la photographia comme si elle était une star. J'observai la scène un moment, puis m'éclipsai dans le jardin. J'avais mis une carte d'anniversaire avec le foulard que j'offrais à Vicky, mais je doutais qu'elle soit sensible à l'intention. Et à vrai dire, je m'en moquais pas mal. Jamais je ne serais l'amie de cette pimbêche.
Dehors, une odeur d'herbe fraîchement coupée imprégnait l'atmosphère. Des nuages masquaient la lune. Demain, il ne ferait probablement pas beau…
Demain, je téléphonerais à mes parents. C'était décidé : je rentrerais à Paris le plus vite possible. Je n'avais plus aucun espoir de sympathiser avec Vicky. Quant à Jim… Mieux valait que je l'oublie au plus vite.
M'asseyant sur le gazon, j'enfouis mon visage dans le creux de mes mains. Papa et maman

seraient très déçus... Ce séjour était un échec total !

– Lola ? Qu'est-ce que tu fabriques ?

Mon cœur fit un bond dans ma poitrine. Jim ! Il m'avait suivie ! Levant les yeux vers lui, je parvins à sourire malgré ma surprise :

– J'avais besoin de prendre l'air.

– Tu étais si pâle tout à l'heure ! Je t'ai vue sortir. Ça va mieux ? insista-t-il gentiment.

Je gardai le silence quelques instants. Sa sollicitude me touchait et m'étonnait.

– Moyennement, confiai-je. Je... je pense que je vais rentrer à Paris demain ou après-demain.

– Déjà ? s'étonna Jim. Vicky m'a dit que tu devais rester trois semaines !

– Oui... Mais deux semaines, c'est déjà pas mal !

Je repris d'un ton volontairement enjoué :

– Ça tombe bien que tu sois là. J'ai repensé à ton concours, et... Voilà, j'ai découvert un endroit qui t'intéressera peut-être : une sorte de grand manoir complètement recouvert de feuillage.

– Complètement recouvert de feuillage ? répéta Jim en s'installant à côté de moi. Où ça ?

Gagné ! Il ne connaissait pas la mystérieuse maison !

– Dans un endroit qui s'appelle Hamlet. À la sortie de ce village, derrière des peupliers. La maison est bien cachée, précisai-je. Mais tu verras, c'est fou… Même les fenêtres sont enfouies sous les feuilles !

Jim hocha la tête.

– Ça vaut sûrement le coup d'œil, s'exclama-t-il avec enthousiasme. Merci pour le tuyau !

– De rien.

Je me relevai et esquissai quelques pas, heureuse d'avoir au moins pu rendre service à Jim.

– Au fait, Lola, ce ne serait pas à cause de Vicky que tu veux repartir plus tôt ? me demanda-t-il alors, de but en blanc.

Stupéfaite, je me tournai vers lui. Ainsi, il avait deviné ! « Mais ce soir, tout le monde a pu constater que Vicky et moi, on ne s'entend pas », pensai-je avec dépit.

– Parce que, si c'est le cas, ce serait dommage. Vicky est timide. Terriblement timide. Elle n'a jamais eu le contact facile, ajouta Jim en se redressant à son tour.

Ben voyons !

– Je comprends, murmurai-je. Mais… il y a autre chose. Je crois qu'elle ne m'aime pas beaucoup. On dirait que je la dérange. Elle me fait toujours la tête !

Je n'osai ajouter que je la soupçonnais d'être jalouse…

– Parce qu'elle est inquiète ! répliqua Jim. Elle est très nerveuse à cause de cette compétition qu'elle prépare. C'est ce dimanche… Il ne lui reste que deux jours !

– Ce n'est pas une raison pour ne pas m'adresser la parole.

– Peut-être qu'elle ne sait pas comment te parler ? Parce que tu es française ? suggéra Jim.

– Hein ? Parce que je suis française ?

Je réfléchis, décontenancée.

– Mais je me débrouille en anglais, non ? Je discute bien avec Mme Walter ! Oh, et puis, toi, tu la défendras toujours, soupirai-je en haussant les épaules. Après tout, elle est ta petite amie !

Une profonde stupéfaction se peignit sur le visage de Jim :

– Qu'est-ce que tu racontes ? Vicky est une très bonne amie, pas ma petite amie !

– Quoi ?

– Vicky n'est pas ma petite amie !

– Pourtant…

Abasourdie, je me mis à bafouiller :

– Vous… vous ne sortez pas ensemble ?

– Mais non ! s'exclama Jim en riant. On est juste très proches, parce qu'on se connaît depuis longtemps. Pour moi, Vicky est comme une sœur !

Je restai silencieuse, interdite, gênée, et curieusement soulagée à la fois. Puis je pensai à Vicky. À tous les coups, elle, elle était amoureuse de Jim. Et, oui, elle devait être jalouse parce qu'on avait sympathisé.

– Excuse-moi, fis-je, recouvrant mes esprits.

Je me sentais si bête ! Mais Jim se remit à rire :

– Ne t'inquiète pas, tu n'es pas la seule à te tromper ! Ceux qui ne nous connaissent pas croient qu'on sort ensemble. L'amour et l'amitié – la vraie amitié –, ce sont des sentiments tellement proches !... Reste au moins jusqu'à lundi, reprit-il, changeant brutalement de sujet.

– Jusqu'à lundi ?

– Attends que Vicky ait passé son concours. Après, elle sera certainement plus détendue.

J'en doutais, mais bon...

– Et tu assisteras à un beau spectacle, renchérit Jim. Je ferai sûrement plein de photos.

– Pour ton concours ?

– Peut-être. Allez, reste !

Je gardai le silence quelques instants, terrible-

ment confuse tout à coup. De la maison nous parvenait un joyeux brouhaha. La fête continuait. Bientôt, Vicky s'apercevrait que Jim était sorti. Elle nous rejoindrait… Je ne voulais pas la voir ! J'avais envie de partir. De fuir. Et de rester… puisque Jim insistait.
Surtout parce que Jim insistait…

Chapitre 6

– Lola ! Il est l'heure !

– Hein ? Qu'est-ce qu'il y a ? balbutiai-je, réveillée en sursaut.

Penchée au-dessus de mon lit, Mme Walter me souriait :

– C'est le grand jour ! Hier, tu nous as dit que tu voulais assister à la compétition…

– La compé… Ah, oui !

Vicky et son fameux concours hippique ! Je jetai un coup d'œil sur le réveil. À peine

8 heures ! On ne m'avait pas prévenue qu'on m'arracherait du lit aux aurores...

– Le petit déjeuner sera bientôt prêt, m'informa Mme Walter.

– J'arrive !

En bâillant, je fermai les yeux quelques instants. On était dimanche, et j'aurais bien dormi jusqu'à midi. Mais, convaincue par Jim, et aussi par politesse vis-à-vis de la famille Walter, j'avais décidé d'assister à la compétition hippique à laquelle participerait Vicky. En plus, cela me donnerait l'occasion de revoir Jim. Et j'avais le sentiment que lui aussi avait envie de me revoir. Voilà qui me réchauffait le cœur. Et pas qu'un peu !

Je n'avais encore rien dit à mes parents, mais lundi ou mardi, je repartirais à Paris. La veille, je m'étais tellement ennuyée ! Comme il pleuvait, j'avais lu, et j'avais joué au Monopoly avec Jenny et Steven. Mais je n'étais pas venue en Angleterre pour m'amuser avec des gamins de huit ans, aussi sympa soient-ils...

– Allez, courage ! marmonnai-je en me levant.

Réprimant un autre bâillement, je me dirigeai vers la salle de bains. Au même instant, la porte s'ouvrit, laissant apparaître une Vicky aux cheveux mouillés et hirsutes.

– *Hello !* s'écria-t-elle. Bien dormi ?

– Pas assez. Et toi ?

Mais, à grandes enjambées, elle s'engouffrait déjà dans sa chambre. Toujours aussi aimable ! Samedi soir, au dîner, nous avions à peine échangé deux mots. Vicky m'avait remerciée pour le cadeau que je lui avais offert, et elle avait vaguement souri lorsque je lui avais souhaité bonne chance pour ce dimanche. Pauvre Vicky ! En fait, depuis que je pensais connaître la raison de son attitude à mon égard, je lui en voulais moins. J'éprouvais même plutôt de la peine pour elle. Quoi de plus triste qu'un amour sans espoir ?

Je me douchai et m'habillai rapidement : jean, T-shirt et sweat. L'occasion ne se prêtait pas aux chichis ! Une fois en bas, dans le hall d'entrée, j'enfilai mes bottes en caoutchouc et rejoignis la famille Walter. Tout le monde finissait déjà de manger.

– Dépêche-toi, m'enjoignit Vicky. On part dans dix minutes.

– O. K. !

***

Le *Summer Horse Riding Show* se tenait à une trentaine de kilomètres de Greenfield, au

milieu d'une vaste prairie. Il y avait plusieurs enclos délimités par des barrières en bois, des gradins, des banderoles, des buvettes, des camionnettes, des chevaux partout... et beaucoup de monde. L'équitation, ai-je appris depuis, est l'un des sports favoris des Anglais, et cela par tous les temps ! Là, il bruinait ; mais, curieusement, il faisait presque chaud.
Dès notre arrivée, Vicky courut vers un groupe de gens qui discutaient non loin.
– C'est l'équipe de son club, m'informa M. Walter. Ils ont amené Allwhite, le cheval de Vicky.
– Vicky présente la première série d'épreuves dans une demi-heure, annonça Mme Walter. Profitons-en pour faire un tour.
– *Mum !* J'ai envie de faire pipi ! gémit Jenny.
– Moi aussi ! cria Steven.
Tandis que leur mère les emmenait aux toilettes, j'accompagnai M. Walter jusqu'à un stand de boissons. Il m'offrit une limonade.
– Merci, monsieur Walter. Dommage qu'il pleuve, pas vrai ? dis-je en ajustant ma capuche.
– Dans ce pays, on a l'habitude !
Sûrement... Sous des parapluies multicolores, la foule se pressait autour des différentes aires

de compétition. Des haut-parleurs crachaient des informations dans un anglais incompréhensible. Oh là là ! Je sentais poindre un ennui mortel…

– Monsieur Walter, je ne vous ai encore rien dit, mais…

Je comptais lui faire part de ma décision de retourner à Paris plus tôt quand j'aperçus Jim. Muni de son appareil photo, il déambulait tranquillement parmi les visiteurs.

– Jim ! l'appelai-je.

Il se retourna, et mon cœur battit plus vite. Ses épais cheveux noirs étaient en bataille, il souriait… Qu'il était beau !

Il nous rejoignit, échangea une poignée de main avec M. Walter, puis me regarda :

– Comment va notre touriste ?

– Mieux que la dernière fois, avouai-je.

Jim me lança un regard complice. Et, à partir de ce moment-là, je ne vis plus le temps passer. Tout en photographiant Vicky, ainsi que d'autres cavaliers, il bavarda avec moi. À croire que je l'intéressais vraiment ! Il me demanda de lui décrire ma vie parisienne, mon quartier… J'appris alors que lui-même vivait à Londres durant l'année.

– Mais je déteste la ville, me confia-t-il.

– Moi, je n'aime pas trop la campagne !
Jim esquissa une grimace désapprobatrice.
– Tu sais, des goûts et des couleurs… Au fait, tu es allé voir la maison ? repris-je.
– Pas encore. Bientôt, m'assura-t-il en souriant.
Il reporta son attention sur Vicky, qui achevait un parcours d'obstacles. Des applaudissements s'élevèrent, et un autre participant entra dans l'enclos.
– Elle a fini ? m'enquis-je.
– Oh non ! Entre chaque épreuve, il y a une pause, m'expliqua Jim. Le concours dure presque toute la journée.
– Quoi ? Toute la journée ? C'est horriblement long !
– Pas si on apprécie l'équitation, commenta Jim, une lueur amusée au fond des yeux.
– Justement, moi, je n'y connais rien !
Jim eut un rire moqueur :
– Il n'y a rien à connaître. Il suffit de regarder, et d'admirer : la beauté des chevaux, l'habileté de ceux qui les montent… Viens, je vais te montrer !
Durant toute la matinée, Jim s'appliqua alors à me faire découvrir les merveilles de l'art hippique. En effet, vu sous un certain angle,

c'était passionnant. Et impressionnant : les cavaliers effectuaient parfois de véritables prouesses !

À l'heure du déjeuner, on retrouva la famille Walter au complet. Me voyant arriver avec Jim, Vicky se crispa.

– Ça va ? Tu ne t'ennuies pas trop ? lança-t-elle sur un ton de défi.

– Pas trop, non… grâce à Jim, répliquai-je du tac au tac. Il m'explique les arcanes de l'équitation. Il est vraiment super, Jim !

Jim se mit à rire. Vicky pâlit. Je m'en voulus aussitôt d'avoir été aussi provocatrice. Oui, à l'évidence, Vicky était jalouse de mon entente avec Jim. C'était si stupide… Ne se rendait-elle donc pas compte qu'il n'y avait rien d'autre que de l'amitié entre Jim et moi ? S'il s'intéressait à moi, c'était parce qu'il pouvait parler français avec moi. Peut-être pas seulement pour ça, mais en grande, grande partie.

Jim dut s'apercevoir que quelque chose ne tournait pas rond, car il lança une plaisanterie en anglais, que je ne compris pas. Vicky se contenta d'ébaucher un sourire pincé… Tous les trois, on mangea dans un silence tendu. Puis, la dernière bouchée avalée, Vicky se leva pour rejoindre son entraîneur.

– Bonne chance, Vicky ! dit Jim en lui adressant le signe de la victoire.

Elle ne répondit pas.

En début d'après-midi, le temps changea : il commença à faire lourd, et d'épais nuages s'amoncelèrent à l'horizon.

– Quel drôle de temps ! observa Mme Walter. On dirait qu'il va y avoir de l'orage.

– C'est ennuyeux ! Les chevaux sont nerveux quand il y a de l'électricité dans l'air, et Vicky ne va pas tarder à présenter une autre série d'épreuves, remarqua Jim en consultant sa montre.

– Allons la voir maintenant, suggéra M. Walter.

Nous nous dirigeâmes vers l'enclos où Vicky devait concourir. M. Walter avait eu une bonne intuition : l'épreuve avait été avancée d'une dizaine de minutes. À peine étions-nous arrivés que Vicky et Allwhite furent annoncés. Fièrement juchée sur son cheval blanc, la jeune fille entra au trot et, souriante, contourna le manège. Puis elle entama un parcours de sauts qui me parut très compliqué. Il faut dire que, pour la première fois, je prêtai vraiment attention à ce que Vicky accomplissait. À croire que la simple présence de Jim à mon côté aiguisait mon intérêt !

– Mais... que se passe-t-il ? demanda soudain Mme Walter en regardant Vicky avec inquiétude. On dirait qu'elle a du mal à maîtriser Allwhite !

– C'est vrai, murmura Jim. Son cheval ne lui obéit pas comme d'habitude.

Fronçant les sourcils, il suivait Vicky des yeux. Moi, je ne remarquais rien d'anormal : droite, le sourire aux lèvres, Vicky me semblait mener sa monture à la perfection !

– Elle n'est pas totalement concentrée, commenta Jim.

– Tu as raison ! intervint M. Walter. Mon Dieu, j'espère que...

Au même instant, un coup de tonnerre claqua violemment. Vicky, qui s'élançait par-dessus une haie, ne put empêcher son cheval de se cabrer. L'animal lança un hennissement nerveux... Désarçonnée, Vicky fut projetée par terre et roula dans la poussière. Un murmure d'angoisse parcourut l'assemblée, dominé par le cri strident de Jenny et Steven.

Chapitre 7

– Elle est à l'hôpital, répétai-je à voix basse. Oui, je crois que c'est grave… Maman, je n'en sais pas plus.
– Passe-moi Mme Walter, demanda ma mère à l'autre bout du fil.
Je tendis le combiné à Mme Walter. Les yeux cernés, blême, elle ne dissimulait pas son anxiété. Il y avait de quoi : Vicky était dans le coma. Elle avait fait une très mauvaise chute. M. Walter se trouvait encore à son chevet, à

l'hôpital d'Oldsbury, la ville voisine. Vers 16 heures, les médecins ne se prononçaient toujours pas sur l'état de Vicky. Mme Walter nous avait alors ramenés, Jenny, Steven et moi. Mais, dès que possible, elle rejoindrait son mari, et je garderais les enfants.

Tandis que Mme Walter discutait avec maman, je gagnai la cuisine. Installés devant un verre de grenadine, le visage sombre, Jenny et Steven ne soufflaient mot.

– Tout ira bien, leur assurai-je. Mangez un peu !

Je leur servis des biscuits, mais ils n'y touchèrent pas.

– Lola, ta mère veut te parler, dit Mme Walter.

Je repris l'appareil :

– Allô ?

– Lola chérie, je suis un peu embarrassée, me confia maman. Mme Walter est très inquiète au sujet de Vicky, mais elle a insisté pour que tu restes quand même jusqu'à samedi prochain, comme prévu. Et toi ? Que veux-tu faire ?

Je gardai le silence, partagée. Même si Vicky et moi, nous ne nous étions pas entendues, partir maintenant me paraissait inimaginable. D'autant que je pourrais peut-être me rendre utile : m'occuper de Jenny et Steven, par exemple, pendant que leurs parents seraient au chevet de Vicky.

– Je reste, maman. Je voudrais aider M. et Mme Walter.

– Tu es adorable, ma chérie...

Adorable ? Il me semblait plutôt que ces derniers temps, j'avais été affreusement égoïste ! N'aurais-je pas dû tenter de mieux connaître Vicky, malgré tout ? M'intéresser un peu plus à sa passion pour l'équitation ? Au fond, je n'avais pas vraiment cherché à être son amie. Et le jour de la compétition, je n'avais pas été très sympa avec elle. Surtout par rapport à Jim. Je savais qu'elle était jalouse, et je l'avais provoquée ! Et si c'était la raison pour laquelle elle avait eu du mal à se concentrer ? Peut-être que malgré le coup de tonnerre qui avait perturbé son cheval, l'accident aurait pu être évité... Une bouffée de culpabilité m'envahit. « Pourvu qu'elle s'en sorte, pourvu qu'elle s'en sorte ! » me répétai-je le cœur serré.

***

Jamais je n'oublierai l'ambiance triste et tendue qui régna dans la maison des Walter les deux jours suivants. Il avait été décidé que seuls M. et Mme Walter se rendraient à l'hôpital, du moins tant que Vicky serait plongée dans le coma. Entre leurs visites, ils essayaient de nous rassurer, Jenny, Steven et moi, mais leur propre angoisse demeurait si visible ! Presque palpable.

De mon côté, je déployais des trésors d'imagination pour distraire Jenny et Steven. J'inventai des jeux, les emmenai en promenade ; je leur préparai même deux gâteaux : un au chocolat, et un autre aux cerises, qui fut complètement raté : il avait un goût de carton pâte. Au moins, ce fiasco pâtissier amusa-t-il Jenny et Steven ! J'aurais tout donné pour leur arracher un sourire… L'état de leur sœur les affectait beaucoup. Une fois, ils me demandèrent si elle allait mourir… Je ne pus répondre, terrassée.

Le mardi, Jim téléphona. Ce fut moi qui répondis. Reconnaissant sa voix, je sentis mon pouls s'accélérer.

– Bonjour, Jim.

– Alors, comment va-t-elle ? demanda-t-il.

– Elle est toujours dans le coma.

– C'est terrible, murmura-t-il.

Après un silence, il ajouta :

– Au fait, je suis allé photographier ta fameuse maison. Pas mal.
– Si ça t'a plu, tant mieux.
Je n'avais plus le cœur à me réjouir. Comparé à la tragédie que vivait la famille Walter, tout me paraissait si futile ! Mais, en même temps, la vie continuait…
– Il faut garder le moral, dit alors Jim, comme en écho de mes pensées. Bon, je rappellerai. À bientôt, Lola.
Je raccrochai, la gorge nouée. Soudain, j'avais envie de pleurer… J'avais aussi très envie de voir Jim. Avec lui, j'avais l'impression que je serais plus forte. Et de la force, j'en avais besoin : pour Jenny et Steven, pour leurs parents…
Ce soir-là, M. et Mme Walter revinrent avec le sourire : les médecins étaient optimistes !
– Tout à l'heure, Vicky a bougé les cils, comme si elle allait ouvrir les yeux ! déclara Mme Walter.
– Elle est toujours sans connaissance, mais il est très important qu'elle nous sente à ses côtés, poursuivit M. Walter. Même si elle ne nous voit pas, ça l'aide beaucoup.
– Qu'aurions-nous fait sans toi, Lola *darling* ! dit alors sa femme. Il aurait fallu qu'on

emmène Jenny et Steven à l'hôpital, ou qu'on les confie à une voisine… Ça n'aurait pas été drôle pour eux !

Elle me dévisagea d'un air songeur :

– Lola, à tout hasard, accepterais-tu de rester une semaine de plus ? Ta présence nous est vraiment précieuse. Mais, bien sûr, si tu as d'autres projets de vacances…

– Aucun problème ! m'écriai-je sans hésiter. Enfin, si papa et maman sont d'accord.

Mais ils le seraient, évidemment.

– J'aimerais aussi aller voir Vicky à l'hôpital, ajoutai-je.

« Et lui parler… M'excuser… Faire mon possible pour qu'elle sache que, moi aussi, je suis avec elle de tout cœur », pensai-je en mon for intérieur.

***

Le mercredi, la sonnerie du téléphone réveilla la maisonnée à 7 heures du matin. C'était le service de réanimation de l'hôpital : Vicky avait repris connaissance ! Dorénavant, elle se trouvait hors de danger. Dans la famille Walter, des hourras joyeux retentirent, on s'embrassa… Moi-même, je fus si soulagée que j'en eus les larmes aux yeux. Je laissai aussitôt un message chez mes parents. Eux aussi se réjouiraient de cette merveilleuse nouvelle !

Après un rapide petit déjeuner, M. et Mme Walter proposèrent qu'on se rende tous à Oldbury. « Vicky aura-t-elle envie de me voir ? » m'inquiétai-je soudain. Mais je n'eus pas le loisir de m'interroger : les yeux brillants de joie et d'impatience, Mme Walter me poussa dans la voiture, avec Jenny et Steven.

– Allons-y !

Durant le trajet, tout le monde bavarda gaiement, comme si, enfin, la vie retrouvait un cours normal. Toutefois, dès notre arrivée à l'hôpital, il fallut modérer notre enthousiasme : Vicky était toujours très faible, nous informa-t-on. Aussi, ni M. et Mme Walter, ni les jumeaux ne restèrent-ils longtemps à son chevet. Pour ma part, je me serais bien abstenue, craignant de déranger Vicky, mais Mme Walter insista :

– Vas-y. Ça lui fera plaisir.

Non sans appréhension, je pénétrai dans la chambre de Vicky. Blanche comme un linge, le regard dans le vague, Vicky ne parut pas s'apercevoir de ma présence. De nombreux tuyaux la reliaient à une énorme machine qui, régulièrement, émettait des signaux sonores un peu inquiétants.

– *Hello*, Vicky, chuchotai-je en m'approchant doucement.

Vicky ne me répondit pas.

– Je suis heureuse que tu ailles mieux. J'ai eu très peur…

Vicky ferma les paupières.

La gorge serrée, je jetai un coup d'œil par-dessus mon épaule. À travers la porte vitrée, je vis que Jenny et Steven discutaient avec un jeune homme. Bien qu'il me tournât le dos, je reconnus immédiatement la silhouette de Jim. Une étrange émotion m'envahit. Prenant une profonde inspiration, je regardai de nouveau Vicky :

– Écoute, je ne veux pas te fatiguer. Je reviendrai… Tu sais, j'aimerais tellement être ton amie, ajoutai-je tout bas, malgré moi.

Vicky ne cilla même pas. M'avait-elle entendue ? Le cœur lourd, je m'éclipsai sans bruit.

– Elle dort ? demanda Jim après m'avoir dit bonjour.

– Je crois, oui.

À son tour, il entra dans la pièce. Il se pencha sur Vicky, l'observa, et déposa un baiser sur sa joue. Puis il quitta la chambre et referma la porte derrière lui.

– Oui, elle dort profondément, murmura-t-il.

– Le sommeil l'aide à se rétablir, intervint Mme Walter. Le docteur vient de confirmer qu'elle est hors de danger.

Comme il était déjà midi, M. et Mme Walter nous invitèrent à déjeuner dans un restaurant non loin de l'hôpital.

– Quand rentres-tu à Paris ? me demanda Jim à la fin du repas.

– Normalement, je devais repartir ce samedi. Mais...

Je regardai Mme Walter :

– En principe, je reste une semaine de plus.

– Si tu en as toujours envie ! dit-elle chaleureusement. Vicky ne sortira pas de l'hôpital avant une quinzaine de jours, dans le meilleur des cas.

– Mais, Dieu soit loué, elle n'est plus en danger, poursuivit M. Walter.

Il échangea un regard éloquent avec sa femme. Ils sortaient d'un cauchemar...

– De toute façon, c'est déjà décidé : je reste encore une semaine, déclarai-je. Je continuerai à m'occuper de Jenny et Steven pendant que vous serez à l'hôpital, si vous voulez.

Les jumeaux me sourirent. On s'entendait bien, eux et moi. Voilà que je me découvrais l'âme d'une baby-sitter !
– Puisque tu es encore là ce week-end, et si M. et Mme Walter sont d'accord, on pourrait partir en randonnée, me proposa alors Jim. La météo a prévu du beau temps, on dormirait à la belle étoile ! Ça te plairait ?
Une randonnée ? Dormir à la belle étoile ? Je n'avais jamais fait ça de ma vie !
– Nous aussi, on veut venir ! s'écrièrent Jenny et Steven en chœur.
Jim se mit à rire.
– Non, vous êtes trop petits, dit Mme Walter à ses enfants. Vous marcheriez une demi-heure, guère plus !
« Et moi, un quart d'heure maximum... », pensai-je, indécise. J'étais vraiment du genre tortue...
Mais là n'était pas le vrai problème. En vérité, jamais je ne serais capable de m'amuser, avec Jim en plus, sans avoir d'abord parlé avec Vicky. J'aurais trop l'impression de la trahir.
– Ça me plairait bien, oui... On verra.
Croisant le regard de Jim, j'eus la sensation qu'il avait compris la raison de mon hésitation.

– Si tu veux, je t'appellerai samedi, dit-il.
Et il me sourit gentiment.

***

Le lendemain, tandis que M. et Mme Walter se trouvaient à l'hôpital, je fis une promenade avec Jenny et Steven dans le village. Tout en bavardant avec eux, je ne cessais de penser à Jim. J'espérais follement le rencontrer par hasard, même si je savais qu'il travaillait. Je pensais aussi à Vicky, beaucoup, envahie par une étrange appréhension à l'idée de la revoir. Pourrais-je discuter avec elle à cœur ouvert ? Il le faudrait. Et, si possible, avant la fin de la semaine ! La perspective de cette randonnée me plaisait bien. Aussi, lorsque, de retour en milieu d'après-midi, ses parents annoncèrent que Vicky allait de mieux en mieux, je n'hésitai pas :

– Demain, je voudrais lui rendre visite.

– Demain ? répéta Mme Walter. Et pourquoi pas cet après-midi ? On doit lui apporter des affaires. Mon mari pourrait retourner à l'hôpital avec toi, et moi, je resterais avec les enfants.

– Quelle bonne idée ! m'exclamai-je.

Un quart d'heure plus tard, je sautais dans la voiture de M. Walter, et on filait vers Oldsbury.

– Monsieur Walter, j'aimerais parler avec Vicky, tout à l'heure, annonçai-je après une brève hésitation. Mais… seule. Et si elle est en forme, bien sûr.

– Vous avez des secrets, toutes les deux ? plaisanta-t-il.

– Si on veut…

– Message reçu ! De toute façon, je dois régler des problèmes administratifs à la réception de l'hôpital.

Quand nous pénétrâmes dans sa chambre, Vicky regardait la télévision. Bien qu'elle eût maigri, elle avait les joues roses. Et elle n'était plus branchée à des perfusions et sondes de tous côtés.

– *Hello !* me lança-t-elle d'un ton amical.

– Bonjour, Vicky, répondis-je, plus émue que je ne l'aurais imaginé.

M. Walter déposa le sac d'affaires qu'il avait emporté, embrassa sa fille avec tendresse et échangea quelques mots avec elle. Puis il s'éclipsa :

– Je m'absente un petit quart d'heure. À tout à l'heure !

Un peu mal à l'aise, je m'assis sur une chaise, au chevet de Vicky. Celle-ci continuait à fixer l'écran du téléviseur.

– Ça me fait drôlement plaisir de te voir, dis-je. Tu vas mieux…

– Oui, un peu. J'ai eu de la chance, murmura Vicky en coupant le son du poste. D'après les médecins, je l'ai vraiment échappé belle. J'aurais pu rester paralysée.

Avalant péniblement ma salive, je hochai la tête :

– Mais tu es hors de danger, maintenant.

– Je crois, oui. Je devrais sortir de l'hôpital d'ici trois semaines. C'est gentil de me rendre visite, Lola, poursuivit-elle en fermant les paupières.

– Tu es fatiguée ? Tu veux que je parte ?

– Non. Comment va Jim ?

– Oh, bien. Sauf qu'il s'inquiète beaucoup à ton sujet.

– Comment le sais-tu ? Vous vous voyez, tous les deux ? s'enquit-elle d'un ton froid.

– On s'est parlé au téléphone, répondis-je, gênée. Et, hier, il a déjeuné avec nous.

Vicky entrouvrit les yeux :

– Avec vous ?

– Tes parents, Jenny, Steven et moi.

– Ah oui, bien sûr, soupira-t-elle.
– Tu es sûre que tu n'es pas fatiguée ? insistai-je.
– Mais oui ! Tu sais, j'ai dormi pendant quatre jours d'affilée. Un coma, c'est une vraie cure de sommeil ! conclut Vicky avec humour.
Je me mis à rire. Elle précisa alors :
– Je n'ai pas le moral, c'est tout.
– Je comprends. À ce sujet, Vicky, je voulais…
Je pris une profonde inspiration :
– Vicky, je voulais te présenter mes excuses.
– Des excuses ? s'étonna-t-elle. Pourquoi ?
– Eh bien… Avant ton accident, je n'ai pas été très sympa avec toi, dis-je en butant sur les mots.
– Toi ? C'est moi qui n'ai pas été très sympa avec toi ! s'exclama Vicky en secouant la tête.
Aussitôt, elle grimaça :
– Aïe ! Qu'est-ce que j'ai mal au crâne…
– Ne bouge pas !
Vicky s'appuya contre son oreiller, et ferma de nouveau les yeux. Nous nous tûmes quelques instants. Peut-être valait-il mieux que je m'en aille. Vicky me paraissait si fragile… Je m'apprêtai à me lever, mais elle me retint par le bras et me regarda droit dans les yeux :

– Attends… Combien de temps restes-tu encore à Greenfield ?
– Une semaine.
– Alors, profites-en ! Tu es en vacances… S'il n'y avait pas eu cet accident, j'aurais fait plein de choses avec toi. C'était prévu. Après le concours, d'accord, mais c'était prévu, répéta-t-elle.
– Vraiment ?
– Quoi, tu en doutes ? répliqua Vicky d'un air provocateur.
Tiens, elle redevenait elle-même ! Tant mieux… C'était un signe de bonne santé !
– Hé, là, je te reconnais, plaisantai-je.
– Qu'est-ce que tu veux dire ? marmonna Vicky, les sourcils froncés.
– Oh…
Embarrassée, je pesai mes mots :
– C'est ta façon de parler, un peu brusque…
– Dis tout de suite que j'ai un sale caractère ! De toute manière, tu aurais raison, maugréa-t-elle en détournant les yeux.
Je ne pus m'empêcher de rire :
– Je n'ai rien contre ton caractère ! C'est juste que, comment dire… Avant ton concours, j'ai tellement eu l'impression que je te dérangeais !
– Et c'était la vérité, assena-t-elle. Je n'avais

pas envie de jouer au guide touristique.
Prise de court, je restai interdite :
– Toi au moins, tu es directe !
– Toujours. C'est pour ça que je n'ai pas beaucoup d'amis, me confia Vicky avec un sourire ironique. Jim fait partie des rares personnes qui me supportent… parce qu'il me comprend. Je l'adore, Jim…
Je sentis mon estomac se nouer. La conversation prenait une tournure inattendue.
– Non, en fait, je l'aime, lâcha Vicky presque rageusement. Mais lui, il ne m'aime pas. Enfin, il m'aime beaucoup, mais ce n'est pas la même chose. Il faudra bien que je l'accepte, ajouta-t-elle d'un ton amer, apparemment plus pour elle-même qu'à mon attention.
– Mais… vous êtes très amis, pas vrai ? murmurai-je, la bouche sèche.
– Amis, oui. Très, très, très amis, acheva-t-elle d'un air entendu. Ça, personne ne pourra me le voler !
Personne ne pourra me le voler… Insinuait-elle que j'avais voulu lui voler Jim ? En même temps, elle savait très bien que Jim n'était pas amoureux d'elle. Donc, qu'il était libre…
– Jim et moi, on est comme les doigts de la main, reprit Vicky.

– C'est peut-être même encore plus merveilleux que l'amour. C'est indestructible, murmurai-je.
– Oui, indestructible, répéta-t-elle, rêveuse. À la vie, à la mort…
Émue, je demeurai silencieuse. Puis, lentement, je me levai :
– Bon, je ne veux plus te déranger…
– Mais tu ne me déranges pas. Je veux dire, plus maintenant ! J'ai beaucoup réfléchi pendant mon coma, plaisanta-t-elle. Lola, je devrais te présenter des excuses : j'ai été horriblement désagréable avec toi.
– N'exagérons rien !
– Si, si. Très désagréable. Ignoble.
– Arrête ! m'esclaffai-je.
– Non, je n'arrêterai pas, parce que j'ai été nulle. Et je l'ai même fait exprès ! poursuivit-elle, avec une drôle de petite moue. Je suis très douée pour être nulle…
– Moi aussi, renchéris-je, pince-sans-rire. D'abord, je ne monte pas à cheval : rien que pour ça, je suis nulle, pas vrai ?
On échangea un regard et, en même temps, on éclata de rire. Entre nous, la glace était rompue. Enfin. J'étais si contente que je ne pouvais plus me retenir de sourire !

– Par contre, j'ai fait des progrès en anglais, affirmai-je. Il y a quinze jours, je n'aurais jamais pu discuter comme ça avec toi !

– Tu te débrouilles très bien en anglais. Moi, je sais à peine dire bonjour et au revoir en français, c'est tout…

Puis elle ferma les yeux :

– Je suis fatiguée.

– Je reviendrai te voir, lui promis-je en l'embrassant sur la joue. Repose-toi.

Je n'avais pas soufflé mot au sujet de la randonnée que me proposait Jim ; mais, à présent, je savais que je pouvais accepter.

Chapitre 8

Donc, j'allais tenter l'aventure... Pourtant, la marche dans la poussière et les cailloux, en peinant comme un baudet, ce n'est pas mon truc ! Mais je me préparai à cette randonnée avec Jim comme si j'étais invitée à la boum la plus chic de Paris. Sauf que paillettes et tenue à la mode furent remplacées par deux paires d'épaisses chaussettes, deux sweat-shirts, un chandail, un coupe-vent... Mme Walter me prêta des affaires, et je dus seulement acheter des chaus-

sures : une paire de godillots à semelles crantées, très moches… mais très confortables.
– Tu peux faire confiance à Jim, m'assura Mme Walter en bouclant le grand sac à dos que j'emporterais. Il connaît la nature des environs comme sa poche !
Bien entendu que j'avais confiance ! C'était même la première chose dont j'étais certaine au sujet de Jim : on pouvait compter sur lui.
Pensant de nouveau à Jim, je sentis mon pouls s'accélérer. Encore une fois. Ça arrivait si souvent !
Samedi, en début d'après-midi, Jim vint me chercher, au volant d'une fourgonnette blanche. M'examinant de la tête aux pieds, il déclara, moqueur :
– Tenue correcte. Bravo, Lola !
– Je n'allais pas m'habiller en tongs et paréo, ripostai-je du tac au tac.
En riant, il m'invita à grimper dans la camionnette, où je trouvai son frère Jeff et une jeune fille rousse. L'espace d'un instant, j'éprouvai une légère déception. Naïvement, j'avais cru que nous serions seuls tous les deux. Et puis quoi encore ?
Tandis que je me glissais sur la banquette arrière, une espèce d'ours à longs poils bruns

se précipita vers moi pour me lécher la figure. Je poussai un cri.
– Puck ! gronda Jim. Désolée, Lola, c'est le chien de Jeff… Il n'est pas méchant, juste un peu envahissant ! Puck, ça suffit !
En remuant la queue, le dénommé Puck obéit et s'assit fièrement sur le siège, entre l'autre fille et moi.
– Pas gêné, Puck ! s'esclaffa Jeff. Voilà, tu connais Puck… Et je te présente Helen, ma petite amie. Helen, Lola…
Helen m'adressa un grand sourire et me prévint qu'elle ne parlait pas un mot de français. Elle avait l'air très sympa.
– Tout le monde est là ? Alors, en route ! lança gaiement Jim.
Nous roulâmes pendant environ une heure dans la campagne. Sous le ciel bleu, les prairies semblaient plus vertes que jamais. Tout le monde discutait avec animation, moi la première ! Je mélangeais allégrement anglais et français sans me soucier des fautes de grammaire : pour la première fois en trois semaines, je me sentais bien. Et en vacances, avec mes nouveaux amis !
Bientôt, nous atteignîmes des collines boisées, et Jim se gara.

– On partira d'ici. Que l'aventure commence ! s'exclama-t-il.
Chacun ajusta son sac à dos, Jeff prit sa guitare, et on s'engagea sur un sentier bordé de hauts arbres. Adoptant un pas vif, je gonflai mes poumons, inspirai à fond. Une-deux, une-deux, à moi d'assurer !
Le soleil brillait, l'air embaumait l'herbe fraîche et les fleurs. Puck gambadait en reniflant chaque brindille, chaque plante. Comparés à cet énorme chien, les yorkshires et autres chihuahuas que j'avais l'habitude de croiser à Paris ressemblaient à des microbes sur pattes ! Trop drôle. En revanche, la cadence athlétique imposée par Jim et Jeff fut beaucoup moins drôle ! Vite essoufflées, Helen et moi demandâmes aux garçons de ralentir.
– On ne fait pas un marathon ! dit Helen avec un clin d'œil complice.
Jim et Jeff se moquèrent de nous, *of course*. Mais on poursuivit plus tranquillement, montant jusqu'au sommet d'une colline, où l'on fit une halte. Ensuite, on emprunta un sentier qui serpentait le long d'un ruisseau. Puck s'y jeta, éclaboussant tout le monde. Je l'aurais presque imité ! Mon sac à dos pesait une tonne, j'avais

mal aux mollets, mais je serrai les dents : pas question de me plaindre, d'autant qu'à présent, Helen trottinait presque aussi vite que Jeff et Jim !

– Et si on s'arrêtait ici ? suggéra Jim comme nous parvenions dans une clairière.

Enfin ! Le soleil commençait à disparaître à l'horizon… et moi, à défaillir.

– Bonne idée, marmonnai-je en laissant tomber mon sac par terre.

Jim me contempla d'un air malicieux :

– Alors, Lola ? En forme ?

– Oh, j'ai les jambes en compote, les pieds en bouillie, mais ça pourrait être pire…

Il éclata de rire.

On fit un feu de camp, puis on prépara le dîner : saucisses grillées, jambon fumé, pain aux herbes, tomates et crudités diverses. Pour le dessert, Mme Walter avait confectionné un immense biscuit roulé aux fraises, et Helen nous offrit du chocolat. Un régal ! On dévora le tout avec gourmandise, assis autour des braises. L'air était doux, et un agréable parfum d'humus se mêlait à celui du barbecue. Quand Jeff, Helen et Jim bavardaient en anglais, je ne comprenais parfois que quelques bribes, mais peu m'importait. Je me sentais si bien ! À un moment, Jeff prit sa guitare et gratta quelques accords.

– Tu connais ce morceau, Lola ?

C'était une chanson de Ben Harper.

– Oui, mais pas les paroles ! prévins-je.

Je l'accompagnai en fredonnant. Jim et Helen battirent le rythme. Génial ! Je chantai alors sans retenue, tout heureuse. Et j'aurais continué si Puck ne s'était mis à hurler comme un loup, le museau pointé vers la lune. On s'interrompit aussitôt ; le chien aussi.

– Puck est sensible aux notes aiguës, m'expliqua Jim en riant. Ce n'est pas la première fois qu'il nous fait ce coup-là.

– Sans blague ?

Je lançai un son plus clair, en vocalise. Puck me regarda, tout étonné. Puis ses oreilles s'aplatirent, et il recommença à ululer, quasiment en duo avec moi ! Un fou rire général s'ensuivit.

– Tiens, tu n'as pas pris ton appareil photo ? demandai-je à Jim, une fois que nous nous fûmes calmés.

– Exceptionnellement, non ! Peut-être parce que le concours est terminé, m'apprit-il. J'ai besoin de penser à autre chose.

– En attendant les résultats, compléta Jeff d'un air entendu. Si Jim gagne, il recevra une bourse pour étudier dans l'une des meilleures écoles du pays, ajouta-t-il à mon attention. La voie royale ! Ça vaut mieux, vu qu'il veut être photographe animalier... Mon frère a de l'ambition !

Je regardai Jim avec curiosité :

– Tu veux photographier des animaux ?

– Des animaux, la nature... Et proposer des reportages, répondit-il.

– Petit, il passait des heures vautré dans l'herbe, à examiner les bestioles à la loupe ! renchérit Jeff. Jim a eu sa période araignées, sa période serpents...

– Serpents ? s'écria Helen. Pouah !

– Et aujourd'hui, c'est celle des cafards volants, déclara Jim le plus sérieusement du monde. Mais il n'y en a pas beaucoup dans le coin.

Helen écarquilla les yeux. Pour tout dire, j'étais aussi horrifiée.

– Je blague ! pouffa Jim. En fait, j'aimerais aller en Afrique, photographier des éléphants, des lions, des tigres...

– Des lions et des tigres ? couina Helen. Tu es fou ! Ils vont te manger tout cru !

– C'est juste un rêve, mais je ferai tout pour le réaliser, me précisa Jim, ignorant la réaction d'Helen.

– Quel rêve ? Photographier des lions, ou être avalé tout cru ? plaisantai-je.
Tout le monde éclata de rire.
On bavarda ainsi pendant encore un moment, puis Jeff et Helen s'éloignèrent, main dans la main. Puck les suivit en courant. Jim se tourna alors vers moi :
– Tu veux te promener ?
– Euh… Pas vraiment. J'ai trop mal aux pieds !
À la lumière du feu, je vis qu'il me contemplait avec amusement. Mon cœur battit plus vite. Étrangement troublée, je détournai les yeux et regardai le ciel. Des millions d'étoiles scintillaient.
– Il n'y a pas un seul nuage. C'est enfin l'été !
– Ici, l'été ressemble à l'hiver de mon pays, commenta Jim.
– Ton pays ?
– Haïti.
– Comment ça, Haïti ?
– Je viens de là-bas, répondit Jim. Tu ne le savais pas ?
– Non… Et où est-ce ? Je suis nulle en géo, avouai-je piteusement.
– Dans la mer des Antilles. C'est une île. Enfin, un bout d'île… L'autre partie, c'est la République dominicaine. Là-bas, la mer est

magnifique. Au soleil couchant, elle devient violette !

Quelques instants, j'imaginai un océan aux couleurs féeriques, bordé de palmiers, de sable blond…

– Tu as dû faire beaucoup de photos !

– Pas vraiment. Je suis parti à l'âge de dix ans, m'apprit Jim.

– Mais… tu y retournes ?

– Jamais. Je ne connais personne. Et, en dehors de la beauté du paysage, je n'en garde que de mauvais souvenirs, conclut-il d'un ton un peu triste.

– C'est dommage, fis-je après un silence.

Jim hocha la tête :

– J'exagère. En fait, j'ai un merveilleux souvenir : quand mes parents sont venus me chercher à l'orphelinat de Port-au-Prince.

– À l'orphe…

Stupéfaite par cette révélation, je m'interrompis. Je ne voulais pas être indiscrète !

– Ça ne me dérange pas d'en parler, me rassura aussitôt Jim. Au contraire ! Grâce à Vicky, d'ailleurs.

– Comment ça ? murmurai-je.

– Oui, grâce à elle, je n'ai pas de secret, pas de tabou, sur mon adoption, déclara-t-il sans détour. J'en ai tant discuté avec elle ! Et aussi avec ses parents. Chez Vicky, j'ai trouvé une deuxième famille.

Il jeta du bois dans le feu et me sourit :

– Tu vois, je n'ai aucun mérite à bien parler français ! C'est la langue de Haïti. Je suis d'origine française et africaine.

Bien sûr ! D'où son teint doré, ses cheveux noirs si épais… D'où, aussi, son amour de la langue française ! Fugitivement, j'eus l'image d'un enfant abandonné, tout seul…

– Moi, je suis d'origine française et italienne, lui confiai-je, chassant difficilement mon émotion.

– Italienne ?

– Du côté de ma mère, oui…

Les yeux de Jim pétillèrent :

– L'Italie, pays de Verdi, de Puccini… Les Italiens ont la musique dans la peau ! Ça explique pourquoi tu chantes si bien !

– Justement, ma grand-mère maternelle était cantatrice ! Et je prends des cours de chant. Donc, moi, je n'ai aucun mérite à bien chanter !

Jim rit de bon cœur. Comme on se regardait, j'eus alors la sensation que quelque chose se passait entre nous. Quelque chose d'indéfinissable, de très fort…

L'air rafraîchissait, mais on discuta encore

longtemps, près du feu, tantôt en anglais, tantôt en français, de plein de choses : la vie en Angleterre, en France, la musique, la photo… Jim évoqua aussi ses parents adoptifs, qu'il chérissait. Du coup, je lui décrivis ma famille. Lorsque je précisai que maman attendait un enfant, il ébaucha un large sourire :

– Jeff avait treize ans quand j'ai été adopté. Même si on s'entend bien, j'ai toujours rêvé d'avoir d'autres frères et sœurs. Tu dois être si heureuse…

– Oui… Oui, très. J'aurai une petite sœur.

– Qui aura de la chance de t'avoir comme grande sœur ! me dit-il gentiment.

– De la chance ?

– Évidemment ! Tu sauras t'occuper d'elle, vous partagerez plein de choses !

– C'est sûr. Et je ne serai plus toute seule… enfin !

Jim esquissa une moue :

– On doit s'ennuyer quand on est enfant unique.

– Oh oui, quelquefois. Et on risque de devenir très égoïste. On finit par se prendre pour le nombril du monde !

En prononçant ces paroles, je me rappelai subitement ce que j'avais ressenti ces derniers temps : la crainte que mes parents ne m'aiment plus autant, qu'ils me remplacent, en quelque sorte. « Est-ce que je n'aurais pas été jalouse du bébé ? » me demandais-je alors. Je me souvins de ce que j'avais éprouvé quand j'avais appris que maman était enceinte : ce mélange de joie et de peur. Oui, maintenant, tout me paraissait si évident ! J'avais été bel et bien jalouse.

Jetant un coup d'œil à Jim, je me rendis compte que c'était grâce à lui que j'avais compris cela, en discutant avec lui, en imaginant aussi ce que lui, enfant adopté, avait vécu – l'abandon, l'orphelinat... Tant de choses s'éclaircissaient en moi ! Pour commencer, je sentais à quel point j'avais de la chance d'avoir toujours eu ma famille. Et je savais que, plus jamais, je ne serais jalouse de ma future petite sœur. Au contraire ! Soudain, j'avais même hâte qu'elle soit déjà née.

Jim s'était levé, et il contemplait le ciel :

– Tu connais les étoiles ?

– Non...

– Tiens, là, il y a la Grande Ourse. Et là...

Oubliant mes préoccupations, je repérai peu à peu les astres qu'il me désignait. Et lorsque Jeff et Helen revinrent, nous avions encore la tête dans les nuages. À en attraper un torticolis !

Cette nuit-là, glissée dans mon sac de cou-

chage, j'eus un mal fou à m'endormir. Tout me semblait tellement nouveau, tellement… magique ! Je sentais la caresse de l'air sur mon visage, j'entendais le bruissement des arbres, et aussi des bruits et craquements bizarres… Mais je n'avais pas peur. La voûte céleste scintillait, comme illuminée de millions de diamants. Je me sentais si bien ! Si légère…
À un moment, comme je me retournai pour me caler plus confortablement dans mon duvet, j'aperçus Jim. Seul, assis près des braises du feu de camp, il regardait encore les étoiles. Un bref instant, j'eus envie de le rejoindre, de lui tenir compagnie. Mais je n'osai pas. Alors, refermant les yeux, je me mis à rêver. Lui et moi, nous nous promenions main dans la main…
Un rêve. Dans la réalité, Jim était peut-être très sympa avec moi, mais cela ne signifiait rien. Rien du tout.

***

Le lendemain matin, le réveil fut un peu dur : j'étais fourbue, courbatue… Aïe ! Dormir par terre, ce n'est finalement pas si magique que ça. Surtout après avoir crapahuté pendant des heures ! Mais le soleil était au rendez-vous, et

tous les quatre – tous les cinq, avec Puck ! –, on démarra la journée avec enthousiasme.
Après un copieux petit déjeuner composé de tartines au beurre de cacahuète et de fruits, on repartit sur un sentier qui s'enfonçait dans la forêt. Régulièrement, Jim nous faisait remarquer des fleurs, des arbres, un chant d'oiseau… Un vrai guide professionnel ! À un moment, on aperçut deux chevreuils.
– Je croyais qu'il n'y en avait qu'au zoo ! m'exclamai-je sans réfléchir.
– Et tu as déjà vu de vrais poissons ? se moqua Jim. Ils ne sont pas tous carrés avec de la chapelure dessus, tu sais !
– Ah, ah, très marrant !
Mais je n'étais pas vexée. J'avais vraiment l'impression de découvrir un autre univers. Je me surpris même à admirer le paysage : les talus éclaboussés de marguerites, les cimes feuillues d'un vert éclatant… Et ce parfum enivrant de la nature !
Et puis, il y avait autre chose : dès que Jim me souriait, me regardait, mon cœur s'emballait. Et moi qui n'avais jamais marché plus d'un quart d'heure – et encore, dans un parc ! –, je me sentais déborder d'une énergie extraordinaire. Comme si j'avais des ailes.

Chapitre 9

– *Great !* Je suis contente que ça t'ait plu, commenta Vicky après que j'eus terminé mon récit de la randonnée.

Ce lundi après-midi, j'avais insisté pour accompagner Mme Walter à l'hôpital. J'avais envie de tout raconter à Vicky !

Tout, ou presque…

– Jim connaît parfaitement la région, ajouta-t-elle en se redressant sur son lit. Avec lui, on peut aller n'importe où les yeux fermés !

– C'est ce que ta mère m'a dit, répondis-je. En tout cas, grâce à lui, j'ai découvert la beauté secrète de ce pays !

Vicky hocha la tête, l'air vaguement amusé. Elle avait meilleure mine que la dernière fois. D'après les médecins, elle se rétablissait à merveille.

– Et comment ça se passe avec Jim ? m'interrogea-t-elle sans détour.

– De quoi tu parles ? balbutiai-je.

– Oh, tu sais très bien ce que je veux dire, gronda-t-elle, mi-moqueuse, mi-ironique.

Comme je restai silencieuse, elle ajouta :

– Tu peux me parler, maintenant ! Je ne suis plus jalouse !

– Jalouse ? répétai-je bêtement.

– Arrête de jouer à la naïve ! marmonna-t-elle avec irritation. Tu sais ce que je veux dire, non ? Jim te regarde comme il ne m'a jamais regardée… Ni comme il n'a jamais regardé aucune fille, d'ailleurs. Et je le connais bien, Jim. Je le connais depuis qu'il est arrivé en Angleterre, alors…

Je soupirai :

– Alors quoi, Vicky ? Entre Jim et moi, il ne se passe rien ! D'accord, je le trouve très sympa, mais il n'y a rien d'autre ! Je doute que je lui

plaise, précisai-je avec une pointe de regret.
– Alors, tu es aveugle ! railla Vicky. Dès que je t'ai vue, j'ai su que Jim serait amoureux de toi !
– Amoureux de moi ?
Vicky racontait n'importe quoi ! N'importe quoi, comme quelqu'un qui est vraiment tombé sur la tête.
– Au fond, ce n'est pas plus mal, poursuivait-elle, ignorant ma stupeur. Pour une fois que Jim s'intéresse à autre chose qu'à la photo…
– Quoi ?
Vicky planta son regard dans le mien :
– Écoute, en général, les filles, Jim s'en moque. Mais avec toi, il est différent. Tu n'as vraiment rien remarqué ? En même temps, il est si timide ! conclut-elle d'un air désolé.
Impulsivement, je lui saisis la main, et la serrai fort, trop fort :
– Pourquoi me racontes-tu tout ça ?
– Parce que j'ai des antennes ! pouffa-t-elle. Tu lui plais, et il te plaît, j'en suis certaine. Alors, qu'est-ce que vous attendez ? Et ne crois pas que j'agisse par esprit de sacrifice, précisa-t-elle d'un ton brusque. Jim est avant tout mon ami, et il le sera toujours. Notre amitié est plus forte que l'amour.

Je la contemplai en silence, abasourdie.

– Oh, Lola, on dirait que tu as vu un OVNI ! se moqua Vicky. Ouh, ouh ! Tu es sûre que ça va ? Tu veux que j'appelle un médecin ?

– Ça va, Vicky, maugréai-je avec humeur.

Puis je ne pus retenir un éclat de rire :

– Tu es vraiment une drôle de fille !

– Il paraît, oui.

– Mais je t'aime bien...

– Que je suis flattée ! Bon, j'ai une mission à te confier, enchaîna Vicky. Va au magasin, et dis à Jim que j'aimerais qu'il fasse d'autres photos de Allwhite. J'en voudrais des récentes, pour décorer les tristes murs de cette chambre.

À ce moment-là, Mme Walter entra dans la pièce. Elle embrassa tendrement sa fille, puis se tourna vers moi :

– Lola, il faut qu'on laisse Vicky se reposer.

– Oui.

Je déposai un baiser amical sur la joue de Vicky :

– Patience ! Bientôt, tu sortiras de cet hôpital.

– Bientôt ? Tu es optimiste...

– Toujours !

En quittant la chambre, je sentis le regard de Vicky rivé sur moi. Je me retournai et lui souris.

– N'oublie pas, pour les photos, me chuchota-t-elle.
– Promis, fis-je, la gorge nouée.
Elle me lança un clin d'œil, puis ses paupières se fermèrent.

***

– Lola ! Téléphone pour toi !
Je pris le combiné que me tendait Mme Walter, pensant que ce serait soit mes parents, soit Romane.
– Allô ?
Je reconnus la voix de Jim. Aussitôt, mon pouls s'accéléra.
– Lola, je veux que tu sois la première à le savoir, déclara-t-il. Viens me retrouver au studio dès que tu peux !
– Savoir quoi ?
– Viens ! répéta Jim, énigmatique.
– O. K., j'arrive. Ça tombe bien, j'ai quelque chose à te dire de la part de Vicky !
Quelques instants plus tard, je filais à vélo vers le centre du village. Au magasin, Jim se trouvait en compagnie d'un homme trapu aux tempes grisonnantes, très bronzé. Sûrement son oncle, qui revenait du Kenya…
– *Hello !* s'exclama Jim quand il me vit.

Ses yeux brillaient de joie.
– Oncle Matt, voici Lola. Lola, je te présente mon oncle.
– J'avais deviné ! dis-je en lui serrant la main.
Son oncle me sourit amicalement :
– Ravi de te rencontrer, Lola. Alors, c'est grâce à toi ?
– Grâce à moi ?
– Oui, grâce à toi… Ou plutôt grâce à ton coup d'œil !
Perplexe, je regardai Jim. Un sourire triomphant flotta sur ses lèvres tandis qu'il brandissait une télécopie :
– Gagné ! *Ex æquo* avec quelqu'un d'autre, mais gagné quand même ! Et c'est ta maison qui a plu au jury !
Il me fallut quelques secondes pour comprendre.
– Quoi ? La maison au feuillage ? balbutiai-je. C'est vrai ? Tu as déjà les résultats du concours ?
– Les lauréats sont toujours avertis en premier, m'expliqua son oncle.
Il s'empara du document que tenait Jim et lut à haute voix :
– M. Jim Bridgeland, premier prix… Ils auraient pu préciser qu'il s'agit du neveu de

Matt Bridgeland, le célèbre photographe de Greenfield ! ajouta-t-il d'un ton taquin.

– Ne t'inquiète pas, ils le savent, plaisanta Jim en m'adressant un clin d'œil complice. À tout à l'heure, oncle Matt !

Sur ce, il me prit par la main et m'entraîna dehors.

Chapitre 10

– Hé ! Où va-t-on ? protestai-je.
– Devine ! dit-il en se glissant au volant de la fourgonnette avec laquelle nous étions partis en randonnée.

Le cœur battant, je m'installai sur le siège avant, et Jim démarra. Quelques instants, je me sentis bizarrement intimidée. Sans doute parce que je me retrouvais seule avec lui… Et que les paroles de Vicky résonnaient encore à mon esprit : « Dès que je t'ai vue, j'ai su qu'il serait amoureux de toi... » N'importe quoi ! Vraiment, n'importe quoi.

– Alors tu as gagné ! repris-je. C'est merveilleux !

– Merci, Lola ! Tu as eu un coup d'œil génial !

– N'exagérons rien ! C'est plutôt de la chance !

– Un miracle, trancha-t-il avec un petit rire.

Je restai silencieuse un moment, amusée et quand même un peu flattée. Très flattée.

– Au fait, j'ai un message pour toi de la part de Vicky : elle voudrait que tu prennes Allwhite en photo.

– Je sais. Elle m'a appelé tout à l'heure, m'apprit Jim.

Je ne fus pas étonnée. Vicky m'avait offert un prétexte en or pour que je revoie Jim au plus vite !

– C'est aussi un miracle qu'elle se soit remise si vite, ajouta-t-il. On a vraiment craint le pire.

– Oh oui !

Jim et moi restâmes silencieux. Je ne tardai pas à comprendre où Jim nous emmenait : à Hamlet, le village où se trouvait la fameuse maison. En cette fin d'après-midi, le soleil nimbait l'horizon de reflets pourpres. Il avait fait beau durant toute la journée, et une brise tiède entrait par les vitres baissées de la fourgonnette. Je fermai brièvement les yeux, envahie par une délicieuse sensation de bien-être. Bientôt, on traversa Hamlet, et Jim ralentit près de la bâtisse recouverte de feuillage. Sous la lumière du crépuscule, l'endroit me sembla encore plus fantastique ; encore plus impressionnant, irréel.

Jim me sourit :

– Je voulais la revoir avec toi...

Il se gara, et on descendit du véhicule.

– Le lierre a pris possession des pierres, murmura-t-il, le regard fixé sur la demeure. Le lierre et le chèvrefeuille... C'est quand même fou ! L'autre jour, je l'ai photographiée sous tous les angles. En plus, il y avait une lumière très chaude, comme maintenant... C'est sûrement pour ça que la photo a été sélectionnée par le jury, ajouta-t-il en me souriant de nouveau. Si elle est publiée, tu recevras des droits d'auteur ! C'est un peu notre œuvre commune, non ?

Je me sentis devenir rouge de plaisir et de fierté :

– Oui, mais le talent, c'est toi qui l'as !

Jim me considéra alors avec une telle admiration que j'en fus gênée.

– Toi aussi, tu en as. Comme l'a dit mon oncle Matt, tu as un sacré coup d'œil. Lola, je ne te remercierai jamais assez.

Il se tourna vers la maison :

– Bon, tu viens ?

– Où ?

– À l'intérieur !

Après une brève hésitation, je lui emboîtai le pas. Jim se dirigea vers ce qui avait dû être une porte d'entrée : une ouverture entièrement dissimulée sous un épais rideau de feuillage.

– Après vous, Miss Lola, plaisanta-t-il, écartant les branches pour me laisser passer.

Réprimant une grimace, je me faufilai dans un long couloir sombre, qui sentait l'humidité. Je distinguai plusieurs pièces en enfilade. Un vrai repaire de souris, de rats… ou pire ! Beurk !

– On n'y voit rien ! protestai-je en pivotant sur mes talons pour ressortir.

Mais je me heurtai à Jim. Il me retint par les épaules :

– Tu as peur ?

Il se pencha vers moi et m'embrassa tout doucement sur la joue.

– Et là ? Tu as toujours peur ?

Le cœur battant à se rompre, je secouai la tête. Même si je n'étais pas rassurée, à cet instant, je l'aurais suivi n'importe où, même dans un cimetière peuplé d'araignées géantes...

– Je vais te montrer quelque chose, poursuivit-il d'un ton enthousiaste.

Il me prit par la main et m'emmena dans une vaste salle un peu moins obscure.

– Regarde ! chuchota-t-il en me désignant une brèche dans le plafond.

Ce devait être un ancien conduit de cheminée, car la lumière du jour s'y infiltrait. Au bout de quelques secondes, j'aperçus, savamment calée entre des poutres, une volumineuse masse de brindilles et feuillages : un nid. Et de ce nid s'élevaient des pépiements d'oisillons.

– Ce sont des rouges-gorges. Toute une famille ! m'expliqua Jim à voix basse. Il y a bien cinq ou six petits !

– Tu les as vus ?

– Oui, en passant par l'étage au-dessus.

Nous regardâmes la nichée en silence. Bientôt, un oiseau au ventre grenat bien dodu voleta tout autour.

– C'est probablement la mère, murmurai-je. Elle vient nourrir ses bébés !

– Tu as raison. Allons-nous-en ! On risque de la déranger.

On s'éclipsa sur la pointe des pieds.

– On visite le reste de la maison ? me proposa Jim.
Sans attendre ma réponse, il me saisit de nouveau par la main et me fit faire un véritable tour du propriétaire :
– Voici la cuisine, la salle de bains… La chambre d'amis… D'accord, c'est un peu poussiéreux – un peu beaucoup, même… –, mais l'endroit est classe, non ?
– Magnifique !
Nos voix résonnaient dans les pièces vides. Ici et là, un meuble, un objet laissé à l'abandon rappelaient que des gens y avaient vécu.
– À mon avis, c'était encore occupé il n'y a pas si longtemps, remarqua Jim tandis que nous regagnions la sortie. On dirait que les habitants ont fui !
– Peut-être qu'il y a des fantômes…
– Peut-être ? Certainement, oui ! s'esclaffa-t-il. Sinon, cette splendide maison serait de nouveau habitée !
– Justement, on vient d'en croiser un, dis-je, pince-sans-rire.
– Quoi ? Un fantôme ?
– Oui. Il était tout transparent.
– Et tu l'as vu ? Tu es trop douée !
On éclata tous les deux de rire.

Dehors, je clignai des yeux, éblouie par la clarté. L'air commençait à fraîchir. Consultant ma montre, je me rendis compte qu'il était presque cinq heures et demie. Déjà ! Ce moment partagé avec Jim avait été comme du temps suspendu, magique…

– En tout cas, grâce à toi, j'ai découvert un lieu vraiment extraordinaire, affirma Jim en se dirigeant vers la fourgonnette. J'y reviendrai souvent. Et, à chaque fois, je penserai à toi.

Je me contentai de sourire, mais mon cœur cognait fort, trop fort…

Chapitre 11

« **Suizamoureuz !** »
J'envoyai ce message à Romane, puis enfonçai les écouteurs de mon baladeur dans mes oreilles. Pour la première fois depuis longtemps, j'avais mis *Roméo et Juliette* de Prokofiev. C'était Mamia qui, l'année précédente, m'avait fait découvrir cette musique grandiose et romantique.
Et, ce soir, je me sentais si romantique !
Si… amoureuse.

Oui, amoureuse. Comment expliquer autrement les pulsations désordonnées de mon cœur dès que je pensais à Jim…

Et je ne cessais de penser à lui. À chaque minute, chaque seconde… En me remémorant inlassablement ce que, d'après Vicky, il ressentait à mon égard. Et si c'était vrai ?

Alors, l'âme transportée par les violons de *Roméo et Juliette*, je fis une prière silencieuse : « Mon Dieu, je vous en prie, faites que Jim m'aime et qu'il me le dise… » Carrément.

Quatre jours plus tard, je repartais à Paris, et j'avais tellement envie d'un miracle. Un nouveau miracle. Après tout, il y en avait déjà eu deux ! D'abord, Vicky s'était remise de sa chute de cheval, et on était enfin devenues amies. Ensuite, Jim avait gagné le concours de photo. Alors, peut-être, comme jamais deux sans trois…

***

Situé à la sortie de Greenfield, le *Old Swan* était un pub pittoresque : un bar-restaurant aménagé dans une maison ancienne à colombages, au bord d'un lac où glissaient des cygnes blancs comme neige. De grands arbres se dressaient sur le rivage, des parterres de fleurs égayaient les pelouses… Malgré la pluie et le ciel gris, l'endroit était magnifique ! D'autant plus magnifique que, en face de moi, il y avait Jim, et il me souriait.

Discrètement, je me pinçai le bras. Aucun doute : nous étions bien là, tous les deux ; Jim m'avait bien invitée à déjeuner pour me remercier de l'avoir aidé à trouver « la photo du siècle », avait-il précisé lorsque, le matin même, il m'avait téléphoné.

– Lola ?

Tirée de ma rêverie, je sursautai :

– Oui ?

– Ça va ?

– Oui, très bien !

– Tu avais l'air dans les nuages. Donc, c'est un *Shepard's Pie*, reprit Jim en me montrant le plat typiquement anglais que nous avions commandé : un assortiment de fromages accompagné de crudités et de crackers.

– Un *Shepard's Pie ?* Ça signifie le « gâteau du berger » ?

– *Yes*. Poétique, non ?

Il engloutit une bouchée :

– Ça te plaît ?

– Oui-oui…

Mais je picorais. L'émotion me nouait l'estomac. Heureusement, Jim ne sembla se rendre compte de rien. Il faut dire que pour donner le change, je parlais, parlais… Une vraie pipelette ! Tout y passa : ma future rentrée au lycée, ma future petite sœur, ma future carrière artistique…

– Tu as vraiment envie de devenir chanteuse d'opéra, comme ta grand-mère ? demanda Jim.

– Aujourd'hui, oui. Mais je changerai peut-être d'avis !

Il me sourit, l'air amusé :

– Qui sait ce que l'avenir nous réserve… Tiens, par exemple, il y a un mois, je n'aurais jamais pu imaginer que je me laisserais séduire par une fille comme toi !

– Une fille comme moi ?

Je dus faire une drôle de tête, car il ajouta aussitôt :

– C'est un compliment ! Je suis très content de te connaître.

À mes yeux, son « compliment » était plutôt moqueur que flatteur.

Après déjeuner, on se promena au bord du lac. La pluie avait cessé et, comme le soleil faisait une soudaine percée, un arc-en-ciel se dessina peu à peu au-dessus des arbres. Un beau spectacle qui, toutefois, ne parut pas intéresser Jim : bien qu'il eût apporté son appareil, il ne photographiait rien. Il marchait à côté de moi, silencieux. Moi aussi, je restais muette. En fait, depuis son pseudo-compliment, je me sentais un peu mal à l'aise. Déçue. Vicky s'était sûrement trompée ! Je ne plaisais pas du tout à Jim… Du moins, pas comme j'aurais aimé lui plaire.

– À quoi penses-tu ? me demanda finalement Jim, sans doute étonné par mon mutisme.

– Oh… À pas grand-chose.

Alors, comme s'il avait deviné mes sentiments, il me prit la main et entrecroisa tendrement ses doigts aux miens. Mon cœur se mit à cogner comme un tambour.

– Je repars à Paris samedi, dis-je au bout d'un moment. Et… voilà, si tu as envie de visiter Paris, n'hésite pas à m'appeler ! En plus, mon père est journaliste, précisai-je, sans oser regarder Jim. Il pourra peut-être t'aider ?

– M'aider ?

– Papa a des relations. Si un jour, tu veux publier des photos, ça peut t'être utile…

– Si un jour je vais à Paris, ce sera pour te voir !

– Pour me voir ? Moi ? Une fille comme moi ? fis-je, ironique.

S'arrêtant brusquement, Jim me fixa droit dans les yeux :

– Lola, tu n'as pas compris ce que je voulais te dire, tout à l'heure ?

– Je ne sais pas..., balbutiai-je.

– Une fille comme toi, c'est... une fille merveilleuse.

Merveilleuse ? Soudain, la tête me tourna.

Jim se remit à marcher en gardant ma main dans la sienne :

– Avec toi, je me sens si différent... Si bien ! Je n'ai pas l'habitude, reprit-il avec un petit rire.

– Moi aussi, je me sens bien avec toi...

Les doigts de Jim me serrèrent plus fort.

– Dommage, tu t'en vas bientôt, dit-il sourdement.

– On s'écrira ? murmurai-je, le cœur battant.

– Là, je ne promets rien ! Les lettres et moi... Et si je faisais quelques photos ? enchaîna-t-il, changeant brutalement de sujet.

Durant la demi-heure suivante, il me photographia sans arrêt : de près, de loin, de profil, en train de sourire, de grimacer...

– Tu es un vrai clown ! se moqua-t-il, comme

je lui tirais la langue.

Peu de temps après, il recommença à pleuvoir à verse, et on retourna en courant jusqu'à la fourgonnette. Dès que nous fûmes à l'intérieur, ce fut le déluge : des trombes d'eau s'abattirent en quelques minutes !

– On l'a échappé belle ! m'exclamai-je.

Jim se contenta de rire. Nos regards se croisèrent. Alors, comme dans un songe, je vis sa main se tendre vers moi, me caresser la joue. Il se pencha et, avec une infinie douceur, m'embrassa sur la bouche. Une fraction de seconde, le souffle coupé, je restai totalement paralysée. Puis, lentement, lui enlaçant le cou, je répondis à son baiser.

Le premier baiser de ma vie. Mon premier baiser d'amour.

Chapitre 12

« **Rakontvite !** » m'intimait Romane sur la messagerie de mon portable.
Mais, exceptionnellement, je ne lui répondis pas.
Depuis trois jours, je flottais sur un énorme, immense nuage rose. Je pensais sans cesse à Jim ; je comptais les minutes qui nous séparaient. Comme il travaillait, on ne se voyait qu'à midi et en fin de journée : on se promenait, ou on restait au magasin, à bavarder, à

faire davantage connaissance. Entre-temps, il me manquait. Entre-temps, je me demandais si je n'étais pas en train de rêver.

Je ne dis rien à Vicky, mais à ma mine radieuse elle dut deviner ce qui se passait. La dernière fois où je lui rendis visite à l'hôpital, on se promit de s'écrire. Sans rancune. Au fond, oui, elle était très sympa, Vicky.

Puis vendredi arriva. Mon dernier jour à Greenfield. J'avais rejoint Jim sur la place de l'église. C'était la fin de l'après-midi, et il faisait beau.

– Tu me donneras de tes nouvelles? demandai-je de nouveau à Jim.

Nous étions assis sur un banc. Autour de nous, des moineaux sautillaient joyeusement: Jim leur lançait des miettes de son pain au chocolat, qu'ils saisissaient au vol.

– Oui. Je t'appellerai. Et on se reverra sûrement.

– J'espère, avouai-je, d'une voix étranglée par l'émotion. Parce que c'est… c'est la première fois que…

– Pour moi aussi, c'est la première fois, m'interrompit-il doucement. Dire que je croyais que je ne serais jamais amoureux!

Je le dévisageai, les joues en feu. Amoureux?

Il avait bien dit… *amoureux* ?
Il me sourit :
– Il fallait que je tombe sur une fille comme toi pour sentir ça…
Il prit ma main et la posa sur son cœur :
– Boum, boum, boum… Trois mots en anglais.
On se regarda dans les yeux pendant un long moment. Le sang martelait à mes tempes tandis que je comprenais ce qu'il était en train de me déclarer. Le miracle que j'avais tant espéré…
– *I love you*, Lola.
– Moi aussi, avouai-je tout bas, en proie à une enivrante sensation de vertige.
– Toi aussi ? Toi aussi… quoi ?
– Je… je…
Mais les mots ne sortirent pas, bloqués, figés dans ma gorge.
– Dis-le…
– Je ne peux pas, chuchotai-je, bouleversée.
C'était incroyable ! Moi qui n'avais jamais été timide, je ne pouvais pas prononcer cette toute petite phrase-là !
– En français, il n'y a que deux mots, murmurai-je alors, riant pour dissimuler mon trouble.

Un sourire rêveur affleura sur les lèvres de Jim :

– Ça commence par J ?

– Oui. J.

– Ensuite, c'est E ?

– Oui…

– Puis T ?

– T…

– Et A ?

– A…

Et ainsi, les yeux brillants, Jim me fit épeler le premier « Je t'aime » de ma vie… Ensuite, on s'étreignit très fort. Puis, main dans la main, on marcha longtemps dans le village, pour profiter jusqu'au bout de ce dernier jour ensemble. Mais nous savions que nous nous reverrions…

Épilogue

Quinze jours plus tard

À Paris, c'était encore l'été. Les oiseaux chantaient dans les allées du jardin du Luxembourg. Et, silencieusement, je chantais aussi. Le même jour, j'avais reçu une lettre de Vicky, et une de Jim ! Vicky m'apprenait qu'elle était enfin sortie de l'hôpital, et qu'elle se portait beaucoup mieux. Elle envisageait de reprendre l'équitation le plus vite possible. Elle avait aussi l'intention de venir me voir à Paris.

Quant à Jim…

Je m'assis sur un banc et décachetai l'enveloppe. Elle était volumineuse, épaisse. Le cœur battant, j'en extirpai un feuillet plié en quatre, puis une autre enveloppe, qui contenait trois photos : un portrait de moi datant du jour où Jim m'avait invitée à déjeuner ; un cliché montrant la maison de Hamlet, auréolée d'une lumière dorée… Et enfin, un gros plan de mes pieds. Mes pieds nus, en tongs, et maculés de boue séchée ! La fameuse photo que Jim avait prise lors de notre toute première rencontre, et qu'il avait exposée en vitrine. Je ne pus retenir un éclat de rire. Avec impatience, je dépliai la lettre. Et voici ce que je lus :

« Lola,

Devine la meilleure ? La photo de tes pieds a obtenu le deuxième prix du concours ! *Surprise, surprise !*

I miss you. Tu me manques… »

La suite est trop intime pour que je vous la raconte. Rien que des mots d'amour…

FIN

Cœur Grenadine

314. Menteuse !
318. Le garçon que je n'attendais pas
321. Le cahier d'amour
325. Bons baisers de Bretagne
326. Un été orageux
329. Embrasse-moi
330. Comme chien et chat
331. La course au bonheur
333. Le secret de Léa
334. Les fantômes du cœur
335. Je ne suis pas en sucre !
336. Dernier été sur l'île
337. Cap sur l'amour
341. Danse avec moi
342. Dis-moi qui tu aimes
343. La ballade de Sammy Song
344. Objectif amour
345. Et si c'était un ange ?
346. Le souffle de l'ange
347. Le souvenir de l'ange
348. Une chance pour moi
349. Un ami d'amour
350. La couleur du bonheur
351. Trop beau !
352. Le garçon de mes rêves
353. Mélodie d'amour
354. L'île du premier amour
355. Juste un ami
356. Un cœur au soleil
359. Un amour pour Colombe
360. Quand l'amour s'emmêle
362. Le choix de Romane
363. Un amour de pluie
364. Premier amour
366. Le secret des hurlants
367. Romain et Julie
368. Des roses et des ronces
369. Le visage d'une autre
370. Lise, la championne
371. Au-delà des nuages
372. Soleil sous la neige

Impression réalisée sur CAMERON par

BRODARD & TAUPIN

GROUPE CPI

La Flèche

Imprimé en France

N° d'impression : 38505